Dieter Wartenweiler Einkehr im Steinhaus

TWENTYSIX – Der Self-Publishing-Verlag
Eine Kooperation zwischen der Verlagsgruppe
Random House und BoD – Books on Demand

© 2021 Wartenweiler, Dieter

Herstellung und Verlag:
BoD – Books on Demand, Norderstedt.

ISBN: 9783740772611

Umschlagbild:
Alexej von Jawlensky, Landschaft, orange Wolke
akg images, Berlin

Dieter Wartenweiler

Einkehr im Steinhaus

Erzählung

Dass ein kleines Steinhaus zum Mittelpunkt einer großen weiten Welt werden könnte, hätte ich mir nie gedacht. Der Grund dafür lag nicht in der weiten Landschaft, die es umgab, sondern vielmehr in den Menschen, die in dieser Gegend lebten. Zweimal war ich im Gästehaus eines ‚alten Weisen' namens Jeduschin einquartiert gewesen, der sich selber aber niemals als weise bezeichnet hätte. Er war ein unauffälliger Mann, dessen schon fortgeschrittenes Alter sich nur durch die grauen und teilweise weißen Haare verriet. Seine gütigen Augen strahlten eine große Kraft aus, was ihn menschlich nah und zugleich sehr vergeistigt wirken ließ. Dennoch konnte er im Kontakt mit Menschen durchaus direkt sein, aber er war nie verletzend. Stets ging es ihm um deren Wohl, wofür er sie aber herauszufordern verstand. Allem Konventionellen und insbesondere jedem oberflächlichen Gespräch war er dagegen abgeneigt, und er schwieg lieber, als sich in philosophischen Gedankengängen zu verlieren.

Jeduschin hatte mich nun sehr geprägt. Lange hatte ich eine innere Sehnsucht in mir getragen, die von einer ausgedehnten Suche begleitet war, und als ich diese schließlich wegen Erfolglosigkeit aufgegeben hatte, war ich ihm begegnet. Stets hatte ich geglaubt, etwas finden zu müssen, aber bei Jeduschin war mir klar geworden, dass es vielmehr darum ging, etwas zu verlieren – all das, was mich prägte, und was ich über mich und die Welt dachte. Nur ohne diesen geistigen Ballast war es möglich, zu sehen, dass es gar nichts zu suchen gab, da alles schon da war. Es verhielt sich damit wie mit dem Leben ganz allgemein:

solange wir es gestalten wollen, ist nicht sichtbar, was es seinem Wesen nach ist. Das heißt wiederum nun nicht, dass jeder, der nichts tut, zu tiefer Erkenntnis gelangen würde. Es bedarf auch eines inneren Antriebs, der aber auf nichts Bestimmtes gerichtet ist, denn sobald man sich vorstellt, was zu gewinnen wäre, ist es nicht mehr das, worum es geht. Das Neue kann nur eine Überraschung sein, etwas ganz anderes als man meint, denn sonst wäre es nur eine Bestätigung des Gedachten und nicht etwas, das alle bisherigen Auffassungen sprengt. Dazu hatte mir Jeduschin verholfen.

Im Verlauf meiner Aufenthalte bei ihm war ich verschiedenen Menschen begegnet, die wie er von offenem Wesen waren. Dazu gehörte Esmeralda, welche mich bei meinem ersten Aufenthalt in einer forschen Art sehr herausforderte, und zu der ich später ein inniges Verhältnis entwickelte. Vor allem aber berührte mich Barbara, eine Frau meines Alters, die mit Mann und Kind auf einem Bauernhof in der weiteren Umgebung lebte. Bei unserer ersten Begegnung vor vielen Jahren hatten wir uns gleich sehr verbunden gefühlt, und ich hatte gespürt, dass auch sie zu den geistig offenen Menschen gehörte. Weil sie in der bäuerlichen Umgebung wenig Resonanz fand, war ihr Leben aber nicht einfach. Obwohl wir uns zwischenzeitlich viele Jahre nicht mehr gesehen hatten, war die Verbindung geblieben – das realisierten wir, als wir uns nach Jahren wieder trafen.

Mit Barbara hing nun auch das kleine Steinhaus zusammen, das mir zugefallen war. Es lag eine gute Wegstunde zu Fuß von ihrem Bauernhof entfernt und gehörte Andro, dem Bruder des verstorbenen Hausherrn. Durch Zufall war ich auf einem meiner Wege im Wald an diesem Haus vorbeigekommen, das mit seinen naturbelassenen Außenwänden nur aus der Nähe zu sehen war. Es hatte wohl einmal auf einer Waldlichtung gestanden, doch nun verdeckten es viele junge Bäume. Das kleine Steinhaus hatte eine unerwartete Wirkung auf mich, und obwohl ich noch nie da gewesen war, fühlte ich mich an diesem Ort sogleich beheimatet. Barbara hatte mir nie davon erzählt, aber als ich ihr von der Entdeckung des Hauses und meinen Eindrücken berichtete, erklärte sie mir, dass Andro lange in diesem Haus gewohnt hatte, und dass er es schließlich altershalber aufgeben musste und in den Bauernhof übersiedelt war. Weil mir das Haus so gefiel, brachte sie mich mit Andro zusammen.

Ursprünglich hatte ich die Idee gehabt, auch nach dem zweiten Besuch bei Jeduschin wieder in mein altes städtisches Leben mit all seinen Verpflichtungen zurückzukehren, aber dieser zweite Aufenthalt hatte mich so verändert, dass mir dies nicht mehr als wirkliche Lebensoption erschien. Und das kleine Steinhaus zeigte sich nun als Möglichkeit, in der Gegend zu bleiben und dort wohnhaft zu werden. Dieses Anliegen trug ich Andro vor, und er war durchaus davon angetan, das Haus nicht länger leerstehen zu lassen. So stellte er mir das Haus gerne gegen ein nicht sehr großes Entgelt als neue Wohnstätte zur Verfügung.

Natürlich musste das kleine Steinhaus vor meinem Einzug noch gereinigt werden, wenngleich es in einem baulich guten Zustand war. Da es über längere

Zeit nicht mehr bewohnt gewesen war, hatte sich darin viel Staub angesammelt, doch die Wände waren sauber und gaben den Räumen mit ihrem hellen Putz einen wohnlich-leichten Charakter. Andro hatte bei seinem Umzug manche Möbel dagelassen, weshalb das Haus auch ohne größere Umstände gut bewohnbar war. Da ich anlässlich meiner bisherigen Aufenthalte in der Gegend schon manche Menschen kennen gelernt hatte, fanden sich einige, die mir gerne halfen, das Haus zu reinigen und es in einem guten Sinne bewohnbar zu machen. Aus einer Siedlung, die nicht weit unterhalb des kleinen Steinhauses lag, kamen Klara und Olga, die mich seinerzeit als Gast sehr freundlich in ihrem Haus aufgenommen hatten, und sie freuten sich sichtlich, dass ich in die Gegend zog. Sie brachten viel Putzmaterial mit, und vor allem auch zwei Neffen zur weiteren Hilfe. Es waren junge kräftige Männer, die sich Yesche und Jannik nannten. Klara stellte uns gegenseitig vor und nannte den Jungen meinen Namen Micha. Wir begrüßten uns herzlich, doch dass ich allein in einem kleinen Haus im Wald leben wollte, verwunderte die jungen Männer doch sehr. Das entsprach nicht ihrer Einschätzung eines erfüllten Lebens, und sie waren deshalb auch schon länger in der Stadt wohnhaft. So fragte mich Jannik auch gleich: „Warum willst du denn hier leben, in einem versteckten Waldhaus, wo du im besten Falle Rehe als Gesellen hast?" Das war nun eine Thematik, die sich jungen Menschen nicht so einfach erklären ließ, aber ich versuchte es dennoch.

„Ach weißt du, ich war auch einmal so jung wie ihr jetzt, und da war ich ebenso voller unbändigen

Lebens. Ich wusste dabei stets, was richtig war, aber später wusste ich es nicht mehr, und so suchte ich nach etwas, was ich als ‚wahr' hätte ansehen können. Anlässlich einer Wanderung stieß ich auf Jeduschin, den ihr vielleicht kennt, den alten Weisen bei der Kapelle. Und er hat mein Leben verändert." – „Und seither bist du nicht mehr voller unbändigen Lebens, wie du gesagt hast?" fragte dann Yesche. – „Das wurde schon vorher anders, als ich meine Hörner abgestoßen hatte. Ich versuchte früher, auf andere Einfluss zu nehmen, und das ist nicht immer auf Gegenliebe gestoßen – gelinde gesagt." – „Sie haben dich niedergemacht?" frage Jannik weiter. – „Nicht andere Menschen. Eher war es das Leben selbst mit all seinen Umständen und einigen Schicksalsschlägen. Als ich nicht mehr weiter wusste, ging ich auf die Suche." – „Was hast du denn gesucht?", wollte Jannik wissen. Er schien mir als der ‚Lebenspraktischere' der beiden, und so war für ihn wohl jede Suche auf die Bewältigung äußerer Schwierigkeiten ausgerichtet. Darauf antwortete ich aber: „Es war wohl die Suche nach Frieden und einem erfüllten Leben." – „Das kann ich verstehen", antwortete Jannik, „wenn du tun kannst, was dir behagt, wenn du genügend Geld verdienst und dich guter Beziehungen erfreust, dann ist das Leben erfüllt und du findest Frieden." So war es von mir her nun nicht gemeint, aber ich konnte seiner Einschätzung durchaus folgen. Und so antwortete ich: „Ich hatte all das, und doch war mein Leben nicht erfüllt. Es war eher angefüllt mit vielerlei Aktivitäten, und darin kann man sich auch leicht verlieren. Man fühlt sich dann möglicherweise ganz gut, und doch ist es im Tieferen nicht befriedigend. Mir schien es zeitweilig so, als würde ich auf einer Welle reiten. Das war sehr schön, aber jeder Wellenritt hört einmal auf, und manchmal weht kein Wind und es gibt keine Wellen." Jannik hörte mir etwas betreten zu, und er konnte wohl nicht ganz einordnen, wovon ich sprach. Da kam ihm Yesche zu Hilfe: „Ich glaube, Micha meint nicht die Wellen unten im Meer, die wir manchmal auch genießen, wenn wir bei Klara und Olga zu Besuch sind. Er meint wohl, dass wir uns nicht immer gut fühlen, auch wenn es ‚gut' läuft. Und vielleicht fand er in so einem Zustand zu Jeduschin." Jannik nickte, und ich wusste nicht, ob er nun verstand, oder ob ihm das Gespräch etwas unangenehm war, denn er war wohl eher ein Mensch der Tat.

So dachte ich, dass es nun an der Zeit wäre, mit den Reinigungsarbeiten zu beginnen, und ich dankte den beiden für ihre Bereitschaft, das Haus in einen guten Zustand zu versetzen. Sie machten sich auch gleich an die Arbeit. Jannik begann, den Fussboden in der Stube gründlich mit Wasser zu schrubben, und Yesche schaute in der Küche nach, was es hier zu tun gäbe. Olga verschwand derweil im oberen Stockwerk und machte sich mit der Fensterreinigung an die Arbeit, während sich Klara mit Besen und Lappen den Spinnweben widmete, welche von den fleißigen Tierchen in harter Arbeit an vielen Orten angebracht worden waren. Weil Yesche eher ratlos in der Küche stand, gesellte ich mich zu ihm und wir wuschen zusammen die Kästen und Regale aus. Yesche fragte dabei nochmals nach: „Und bei Jeduschin ist alles anders geworden?" – „So war es", antwortete ich, und ich fühlte, dass Yesche ein anderes Verständnis für die Situation hatte, als Jannik. So berichtete ich ihm auch etwas genauer: „Als ich Jeduschin das erste Mal getroffen hatte, beeindruckte er mich allein durch seine geistige Kraft, die in mir eine starke innere Bewegung ausgelöst hatte. Im Zuge der Begegnungen und Gespräche mit ihm gerieten schließlich alle meine Überzeugungen und meine bisherige Lebenshaltung ins Wanken, was mich zunächst sehr beunruhigte und mich später tiefgreifend veränderte. Solche Dinge geschehen aber eher, wenn man etwas älter ist, als ihr es jetzt seid. Zuerst muss man seine Lebenshaltung ja aufbauen, bevor man sie in ihrer Relativität erkennen kann. So entwickelt jeder Mensch seine Ansichten, doch mit der Zeit wird klar, dass diese weniger wichtig sind, als man zunächst glaubt. Kannst du das verstehen?" Jannik bestätigte das, und es schein mir, als wüsste er mehr darüber als andere junge Menschen. – „Ja doch", antwortete er, „und ich bin in meinen Lebensvorstellungen schon jetzt weniger sicher als andere. Und wie ging es weiter mit dir bei Jeduschin?" – „Ich hatte manche innere Spannung, weil ich in zwei Welten gleichzeitig lebte – in einer äußeren und in einer inneren – und damit war ich nicht gut zurecht gekommen. Jeduschin hat mir aber gezeigt, dass diese ‚Welten' nicht voneinander verschieden sind, auch wenn sie so erscheinen." – „Ich habe eine Ahnung davon", sagte Yesche dazu, während er an den Regalen weiterputzte. „Ich putze und fühle zugleich meine innere Befindlichkeit im Haus, und auch die Landschaft darum herum." – „Ja, so etwa ist es, und das Ganze ist unermesslich weit", sagte ich dazu. „Es ist erstaunlich, dass du das in deinem Alter so wahrnehmen kannst." – „Ja", antwortete Yesche, und er war zugleich etwas betrübt. „Viele können mich nicht verstehen. Auch Jannik nicht, und doch mag ich ihn sehr." Nach den Regalen und Kästen widmeten wir uns dem Schüttstein und dem Boden, denn beides rief auch nach Reinigung. „Irgendwie kann ich verstehen, dass du jetzt in diesem Haus leben möchtest", sagte Yesche dann weiter zu mir, „auch wenn es für mich nicht das Richtige wäre." Dem konnte ich nur zustimmen, denn jede Lebenszeit hat ihre Formen, und junge Menschen brauchen den Austausch mehr als ältere.

Wir arbeiteten alle den ganzen Tag für die Hausreinigung, und abends erglänzte das Haus in wunderbarer Sauberkeit. Die Stimmung unter uns allen war gut, und gelegentlich sangen die Frauen zur Freude von uns. Alle verströmten eine gute Lebensenergie, und so fühlte ich mich in diesem Haus mit den anderen sehr gut aufgehoben, wenngleich ich später allein dort leben würde. Zum Abschluss saßen wir in der Küche zusammen, und wir genossen die belegten Brote und den Kuchen, die ich am Vortag bei Jeduschin vorbereitet hatte. Gerne wollte ich die hilfreichen Menschen bei späterer Gelegenheit etwas würdiger einladen, und doch fehlte an diesem Tag nichts. Alle waren zufrieden, und abends zogen sie wohlgelaunt, wenn auch müde von dannen. Die Jungen verabschiedete ich herzlich, und die Frauen nahm ich die Arme – dankbar für alles.

Wieder übernachtete ich in Jeduschins Gästehaus, und am nächsten Tag lieh er mir seinen Wagen mit dem zweirädrigen Traktor aus, der sein einziges Fahrzeug war. Damit fuhr ich ins nahe gelegene Dorf, das ich schon mehrmals besucht hatte, und kaufte Lebensmittel und Wäsche ein, um bald ganz ins Haus einziehen zu können. Ob ich irgendwann Gegenstände aus meinem früheren Stadtleben dazu nehmen würde, wusste ich noch nicht. Zu diesem Zeitpunkt hatte ich kein Bedürfnis danach, aber es war nicht ausgeschlossen, dies später einmal zu tun. Nachdem ich das Notwendige beschafft und den kleinen Traktor mit dem Wagen wieder zu Jeduschin zurückgebracht hatte, verabschiedete ich mich innig von ihm. Er hatte in mir viel bewirkt, und mein Leben veränderte sich jetzt folgerichtig. Nun würde ein radikal inneres Leben seinen Anfang nehmen.

Zurück im Steinhaus öffnete ich an diesem warmen Abend die Fenster, und der laue Wind erfüllte die Räume. So war ich nun einfach da, ohne etwas zu beabsichtigen. Angekommen im Haus, und angekommen in der großen Weite und Leere, die sich auftat. Noch fühlte es sich erfüllt an – wunderbar diese Atmosphäre, und befreiend das reine Dasein, ohne irgendwelche Verpflichtungen erfüllen zu müssen. Es war ein schöner Zustand, und ich genoss ihn sehr, auch wenn ich wusste, dass er nicht von Dauer sein konnte. Hier würden mich neue Herausforderungen erwarten, und es wären nicht dieselben, denen ich bei Jeduschin begegnet war. Und auch dort war es nicht einfach gewesen. Nun aber genoss ich es einfach, hier zu sein. Den Balkontisch stellte ich auf die Veranda, und ich braute mir meinen ersten Kaffee. So saß ich draußen, wie ich es mir die ersten Male beim Haus vorgestellt und auch gewünscht hatte. Das war wunderbar, und ich fühlte, dass ich hier ganz ankommen könnte, im Haus und im Leben. Müde von aller Arbeit und dem Umzug bereitete ich daraufhin mein erstes Nachtlager vor, indem ich die neue Bettwäsche auflegte und das Kissen für einen ersten, hoffentlich guten Schlaf im Hause bezog und aufschüttelte.

In den folgenden Wochen lebte ich mich im Haus und in meiner neuen Situation ein. Sie war nicht unähnlich derjenigen Jeduschins, und es war eine größere Herausforderung als ich dachte. Meine Sachen von früher hatte ich bisher nicht geholt, denn ich wollte mich nicht mit Dingen belasten, die ihre Bedeutung verloren hatten. Zugleich bestand dadurch noch ein Faden zu meinem alten Leben, der mir eine Möglichkeit der Rückkehr gab. Faktisch war ich nun aber hier und hatte auszuhalten, was geschah. Und das war nicht wenig.

Wie ich hier nun allein lebte, war alles auf einen Nullpunkt zurückgedreht. Meine frühere Arbeit, die Beziehungen und meine alte Wohnsituation waren weit weg. Nichts von alledem hatte Bedeutung, und es trat ein Zustand von Leere ein, wie ich ihn bisher nicht kannte. Allein in abgeschiedener Umgebung war dies wohl unvermeidlich. Selbst das Haus, die Möbel und der umgebende Wald wurden von meinem Eindruck der Leere erfasst. Ich fühlte mich fast, als wäre ich auf dem Mond – als wäre meine Bindung an die Welt gekappt. Das äußere Leben erschien mir eher wie ein Spiel, das ich zwar in Ruhe betrachten konnte, woran ich aber nicht teilnahm. Es war mir, als sähe ich die Menschen um einen Tisch sitzen, worauf das Leben gespielt wurde, und als wären sie zugleich mehr als die Spieler, für die sie sich hielten. Und doch war es das normale Leben, das sich hier abspielte. Wenn darin gearbeitet wurde, so hatte dies aus der Distanz des Betrachters aber keine wirkliche Bedeutung, und auch die Beziehungen der Menschen untereinander hatten etwas Unwirkliches. Beziehungen konnten innerhalb dieses Spiels ja sehr wohl verlässlich sein, aber es gab sie eben nur dort. Wo die Bindung an die Welt verschwand, hatten sie nicht mehr den vorherigen Gehalt. Da war einfach der Betrachter, in dessen innerer Welt sich all das zeigte, was als gewöhnliches Leben erscheint. Und es zeigte sich auch, wie die Menschen sich stets mit etwas beschäftigten, nur um nicht zu spüren, dass sie sich mit ihrer Spielfigur identifizierten und nicht über den Tischrand hinaussahen. In diesem Spiel engagieren sich viele Menschen für ihre Ideale, andere ärgern sich über Situationen, die ihnen nicht passen, und auch das Polit-Theater gehört zu den Lebensinszenierungen. Solange sie sich mit ihren Aktivitäten identifizieren, fühlen sie sich in einer ‚realen Welt‘, aber ohne die Identifikation zeigt sich alles als Lebensspiel. In dieser Erfahrung war mir, als wäre etwas in mir gestorben – meine bisherige Lebensauffassung. Sich mit Dingen und Aufgaben zu beschäftigen schien mir geradezu leicht im Vergleich zu dieser Situation, wo es nichts zu tun gab und es auch nicht möglich war, etwas zu unternehmen, weil die Welt dazu fehlte. Auch hatte ich das Gefühl, nicht mehr am großen Weltgeschehen teilzuhaben.

Es gab nun aber eine andere Art von Dasein. Dieses war jedoch nicht wunderbar, wie ich es bei Jeduschin erlebt hatte, sondern ich empfand es einfach als ein Sein ohne Eigenschaften. Es war ein Dasein in einer großen Weite, womit sich auch ein Gefühl von Verlorenheit verband. Und aus diesem Zustand schien es kein Zurück zu geben. Ich würde in der großen Weite des Universums verbleiben, auch wenn die äußere Welt damit nicht verschwunden war. Sie hatte einfach an Bedeutung verloren; sie war gewissermaßen durchsichtig geworden. Sie war da, und zugleich war sie weit und groß und unermesslich. Es war ein Dasein ohne Identifikation mit gewissen Aspekten der Welt oder mit Vorstellungen und Selbstbildern. Und es gab keinen Weg mehr in eine Welt der Identifikationen. Sie hatten sich als Illusion erwiesen, und Illusionen lassen sich nicht wieder herstellen, wenn sie einmal durchschaut sind.

Wenngleich ich eine große Offenheit empfand, war mein Zustand zumindest in dieser Phase doch nicht erstrebenswert. Selbst wenn weise Menschen darauf hinweisen, dass wir viel mehr seien als die kleine Person, als die wir uns üblicherweise wahrnehmen, so sprechen doch die wenigsten davon, dass die Person ihre eigene Auflösung erleidet. Und auch nicht davon, dass die große Weite ohne Qualitäten ist. Darin mag es keine Sorge mehr geben, aber auch nicht mehr die Freude, die sich an den Ereignissen der Welt orientiert. Deshalb sprechen manche auch davon, dass es nach einer solchen Erfahrung notwendig sei, wieder in die gewöhnliche Welt zurückzukehren. Das mag zwar geschehen, aber bei einer tiefgreifenden Veränderung ist es nicht mehr die Person, die zurückkehrt. Nicht nur ist es nicht mehr die gleiche Person, die zurückkehrt, sondern überhaupt keine Person mehr. Und damit ist es auch keine wirkliche Rückkehr mehr. Vielmehr ist es ein Dasein in der Welt, worin alles relativiert und zugleich ausgeweitet ist. Und darin bewegt sich keine Person, sondern die Weite gestaltet sich in Erscheinungen, und all das wird gesehen. Es wird aber nicht von ‚jemandem' wahrgenommen, denn Welt und Sehen fallen in eins zusammen. So ließe sich im besten Fall sagen, dass nur ein Teil von einem selbst in die Welt zurückkehrt – respektive diese gar nie verlassen hat – während der andere in der neu erkannten großen Weite verbleibt. Damit die seit je bestehende Weite aller Welt und allen Menschseins erkannt werden kann, muss die allen Erscheinungen inneliegende Formlosigkeit allerdings erfahren werden. Und dabei geht es nicht um eine punktuelle Erfahrung von ‚Leere', die wieder abklingt, und die – wie manche sagen – ins eigene Leben integriert werden müsse. Vielmehr ist es eine Leere, die immer besteht. Sie macht das Wesen unserer Welt aus und bildet zugleich ihren Grund – den ‚Urgrund', wie ihn einige nennen. Dieser ist ‚leer' im Sinne einer formlosen, unfassbaren und unergründlichen Weite, und er muss ausgehalten werden. Das erschien mir nun schwerer als ich es vermutet hatte, bevor ich in meine eigene Klause gekommen war, und wohl hatte auch Jeduschin dies ausgehalten, als er nach dem Tod seines Meisters allein im Anwesen zurückgeblieben war.

Leere kann nicht beschrieben werden. In gewisser Weise ist aber erfahrbar, dass da ‚nichts ist', dass es nicht wirklich etwas anzustreben gibt, und dass darin auch keine Bindungen bestehen. Wenn sich im eigenen Innern damit manches auflöst, so ist das etwas ganz anderes, als wenn über die Leere philosophiert wird. In letzter Konsequenz ist gar keiner mehr da, der von sich sagen könnte, dass er etwas erfahren hätte. Da ist einfach nur noch reines Sein. So wurde ich beim ersten Aufenthalt im kleinen Steinhaus mit dem konfrontiert, was nichts ist. Auch Jeduschin hatte schon darüber gesprochen, und viele alte Meister berichteten davon. Sie sprachen aber anders darüber als gewisse Nachfolger, welche das ‚Lehren der Leere' als Berufung ansahen, ja sogar einen Beruf daraus machten. Berufung ist aber nur eine Fantasie, denn in der Leere wird nichts berufen und da ist auch niemand, der zu etwas berufen sein könnte.

Während ich meine Zeit in einem Zustand von Leere und Weite verbrachte, klopfte es eines Tages an die Haustür. Ich horchte verwundert auf und fühlte mich etwas in die äußere Welt zurückgeworfen. Als ich die Tür öffnete, stand da zu meinem Erstaunen Barbara. Wir hatten uns längere Zeit nicht mehr gesehen, weil ich im Bauernhof nichts einzukaufen hatte und es auch sonst keinen Anlass oder Zufall gab, der uns zusammengeführt hätte. Sie trug einen kleinen Rucksack mit sich, schaute mir keck in die Augen und sagte dann: „Ich wohne jetzt ein bisschen bei Dir und habe das Nötigste mitgebracht." Das verwunderte mich nun doch sehr, obwohl ich mich insgeheim auch über die Überraschung freute. Aber was sollte das ‚bei mir wohnen' bedeuten? Barbara präzisierte dann: „Andro hat mich geschickt. Er wollte, dass ich nach dem Haus sehe, ob alles in Ordnung sei, und auch nach dir, ob du dich wohlfühlst. Es war ihm ein Anliegen, dass es gut geht, und er hatte schon länger nicht mehr von dir gehört – weder direkt noch durch Berichte von anderen. So dachte er, die Initiative zu ergreifen, und da er nicht mehr selber den ganzen Weg hochgehen kann, hatte er mich angefragt, ob ich es tun würde."

Noch immer war ich erstaunt, aber fürs Erste bat ich sie herein, und wir setzten uns in die Stube, die ich inzwischen auch etwas nach meinem persönlichen Stil eingerichtet hatte. Sie war einfach möbliert, mit einem hellen Sofa und zwei recht bequemen passenden Sesseln. An der Wand stand neu ein niedriges Gestell, das ich aus zwei breiten Holzbrettern und zwei kleinen Korpussen mit Schubladen zusammengezimmert hatte. Am Boden war ein ebenso heller Teppich ausgelegt, und auf den Sitzgelegenheiten lagen Kissen, welche die Farben der zwei Bilder aufnahmen, die ich an die breite Wand gegenüber den Fenstern gehängt hatte. Barbara war noch nie hier gewesen, seit ich eingezogen war, aber sie kannte das Haus aus ihren Kinder- und Jugendjahren, als Andro dort gelebt und sie ihn gelegentlich besucht hatte. „Bist du wirklich nur auf Andros Geheiß gekommen?" fragte ich sie dann, „dafür hätte doch ein Tagesbesuch gereicht." Und ich setzte mich zu ihr hin, um sie doch sehr willkommen zu heißen – was immer die Gründe für ihr Kommen gewesen waren. „Vielleicht sprechen wir später einmal darüber", bedeutete sie mir dann, „aber natürlich – ich wollte dich auch sehen."

Nun war ich für einige Zeit allein gewesen und hatte dabei auch einschneidende Erfahrungen gemacht. Vielleicht war ich dabei Jeduschin etwas ähnlich geworden, der in einer großen weiten Innenwelt lebte und im Äußeren in einfacher Weise präsent war. Und dessen Türe offen stand für die seltenen Gäste, die kommen mochten. Nun also war Barbara gekommen, und damit würde sich die Situation im kleinen Haus verändern – auch wenn sie nicht länger blieb. Das stille Haus würde auch zu einem Ort der Begegnung und der gemeinsamen Erörterung von Lebensgegebenheiten, denn ich wusste, dass Barbara dazu fähig war. Sie machte nichts ohne Grund und ohne ein gutes Gefühl dafür, was angezeigt war. Wenn sie gekommen war, so würde es also für uns beide stimmen. Ans Alleinsein gewöhnt, fiel mir die Aussicht auf diesen Wandel aber auch nicht ganz leicht. Und doch konnte die tiefe Stille des Ortes durch ein sich öffnendes Herz für die Welt erweitert oder gar vertieft werden. Ich wusste sehr wohl, dass mein eigenes stilles Wesen, das bei Jeduschin eine Resonanz gefunden hatte, eines offenen Herzens bedurfte, um in der Welt Ausdruck zu finden, und vielleicht wäre es nun Zeit dafür.

„Wie geht es dir?" fragte Barbara mich dann ganz einfach, und ich konnte die Frage nicht wirklich beantworten. ‚Gut' hätte nicht in Betracht gezogen, dass die Zeit ganz mit mir selbst und ganz in diesem weiten Dasein nicht ohne Schwierigkeit war, und ‚es ist nicht einfach' hätte wiederum außer Acht gelassen, dass die dichte Stille hier etwas Wunderbares hatte, das ich niemals hätte missen mögen. Dass etwas davon verloren gehen könnte, war ja auch meine Sorge, wenn Barbara oder jemand anders über lange Zeit hier bliebe. So antwortete ich wahrheitsgetreu: „Es geht mir eigentlich ganz gut. Einerseits ist es wunderbar, hier in dieser Stille und damit auch in der großen Weite ganz aufgehoben zu sein, und andererseits ist es auch eine Herausforderung, von nichts abgelenkt zu sein. Und natürlich fehlt mir auch die menschliche Nähe, die ich früher und auch bei Jeduschin genossen hatte. Also: es geht mir gut und weniger gut, und genau genommen ist es schwer, meinen Zustand zu beschreiben. Es kommt mir vor wie ein Dasein in vielfältigen Aspekten oder wie eine Präsenz ohne bestimmten Inhalt." Und nach einer Weile fügte ich noch an: „Verstehst du das?", was aber eine unnötige Frage war, denn ich kannte ja Barbaras Tiefe. Manuel, ein hochgewachsener Mann mittleren

Alters, der mit anderen Menschen offenen Geistes in der kleinen Siedlung unterhalb meines Heims lebte, hatte gesagt, dass Barbaras Wesen tiefer reiche als das der meisten anderen, die in der Gegend lebten. Dabei war mir aber auch klar, dass derartige Unterscheidungen die Verhältnisse nicht wirklich bezeichnen konnten, denn es ging einfach um die Dimension des Unermesslichen, die wahrgenommen werden konnte – oder auch nicht. Und Barbara nahm sie ausgesprochen intensiv war. – „Die Präsenz ohne bestimmten Inhalt kenne ich durchaus", antwortete sie darauf. „Und übrigens – ist mein Befinden genauso." Auch sie war beheimatet in dem, was nicht benannt werden konnte, und wir hatten es voneinander gespürt, als wir uns das erste Mal getroffen hatten. Wenn sich in den Jahren dazwischen auch äußere Umstände verändert hatten, so blieb die Weite des Daseins doch unbetroffen, und so war auch unsere Verbindung bestehen geblieben – wenn man überhaupt von einer Verbindung sprechen wollte. Eher war es ein grenzenloses Sein, in welchem wir beide lebten, und worin verfließen konnte, was üblicherweise als getrennt erfahren wird.

Mit dem Herz war es nun aber eine andere Sache, denn dieses gehörte nicht ausschließlich zur Welt der großen Weite oder Leere, sondern es gehörte ebenso der äußeren Welt an. Und vielleicht war das Herz gar der Ort, wo sich die beiden Welten miteinander verbanden. Statt uns an einer persönlichen Beziehung erfreuen zu können, fühlten wir vielmehr eine einzige Wirklichkeit, der wir beide zugehörten. Unser beider Erscheinung als ‚Person' war nicht mehr wichtig, und dennoch gab es Liebesgefühle. Wir lebten ja nicht nur in der großen Einheit allen Seins, sondern nahmen uns auch als verschieden wahr – als Mann und Frau. Schon lange war es mir ein Rätsel gewesen, wie sich die beiden Ebenen des reinen Seins und der individuell wahrgenommenen Bezogenheit und allenfalls Liebe zueinander verhielten. Einerseits waren die Ebenen ununterschieden – die Liebe ist zugleich das Eine – und andererseits wurde letztere doch als etwas Besonderes wahrgenommen.

„Wie siehst du das mit der Einheit allen Seins und der individuellen Liebe", fragte ich Barbara dann, und die Frage schien sie nicht zu erstaunen, auch wenn sie nicht durch eine vorherige Konversation eingeleitet wurde. Auch sie fühlte, was in der Luft lag, und so fiel ihr das Antworten leicht. „Die Einheit ist Liebe, und die Liebe ist Einheit", sagte sie aber lediglich dazu. Und dann fragte sie: „Machst du uns einen Tee?" Tatsächlich hatte ich vergessen ihr etwas anzubieten, wohl vor lauter Staunen über ihren Besuch und all die Erwägungen, die sich daraus ergaben. Mit ihrer Frage nach dem Tee holte mich Barbara in wunderbarer Weise wieder auf den Boden des einfachen Daseins zurück, und ich ging in die Küche, um Wasser aufzusetzen. Wie kompliziert man sich doch das Leben machen kann, dachte ich dabei, und dabei ist Tee ja schon alles. Barbara folgte mir in die Küche nach und lehnte sich dort an den Türrahmen, während sie mir zusah, wie ich den Tee bereitete. Es war ein schönes Bild von ihr, und ich hätte es gerne festgehalten – aber solche Dinge lassen sich nicht festhalten, so wie überhaupt nichts im Leben. So ging ich einfach auf sie zu, umarmte sie und gab ihr einen Kuss auf die Wange. Ob das nun eine unziemliche Annäherung sei, fragte ich mich daraufhin, aber Barbara zeigte keine entsprechende Reaktion. Damit realisierte ich, dass ich in Bezug auf spontane Lebensprozesse noch viel zu lernen hatte, da sie ja niemand wirklich macht. Man ist vielmehr einfach ihr Ausdruck – im besten Fall ein Protagonist, der seinen Lebenspart spielt.

Wir setzten uns wieder in die Stube, und nun schwieg ich. Die Gedanken waren überflüssig geworden, und es war einfach das Leben eingezogen, und mit ihm das Herz. Aber noch immer wusste ich nicht, ob das ‚bei mir wohnen' nun eine Herausforderung oder eine Absicht war. Eher dachte ich, dass es wohl eine Herausforderung wäre – wenn vielleicht auch nicht eine von ihr beabsichtigte. Und dann sagte Barbara in die Stille hinein: „Weißt Du, das Besondere an einer Liebesbeziehung ist, dass sie nicht davon abhängt, was du denkst oder tust und was beide machen. Solange du etwas erwartest oder eine Vorstellung vom anderen Menschen hast, ist sie nur ein Spiel von Bildern. Nur das Geschehen selbst kann die Liebe sein. Und so kannst du eine Liebe auch nur daran erkennen. Viele Menschen haben eine Vorstellung davon, wie ihre Beziehung sein müsste, und das reicht niemals in die Tiefe. Erst wenn all dies weggefallen ist, wird sichtbar, was eine Beziehung ist, und auch ganz grundsätzlich, was sie zu sein vermag." – „Keine Ahnung zu haben wäre also die Weisheit der Beziehung?" fragte ich dann. – „Im Grunde ja", meinte Barbara dazu, „wir haben nie eine Ahnung." – „Und hältst du es aus, keine Ahnung zu haben?" fragte ich dann, „mir fällt es manchmal schwer." – „Es ist nicht so schwierig", antwortete sie, „nimm einfach die Situation jetzt. Wir wissen beide nicht, was in den nächsten Minuten, Stunden, Tagen und Jahren sein wird. Man kann sich nur dem Leben überlassen. Es ist wie ein Spiel. Aber nicht ein unsinniges, sondern ein Spiel der Kräfte. Was du und ich tun werden, sind die Lebenskräfte, die sich gestalten. Und wir machen sie beide nicht."

Für heute war genug gesagt, und nachdem wir länger schweigend in der Stube gesessen hatten, schlug ich vor, das Abendessen zuzubereiten. Weil Barbara unerwartet gekommen war, stand mir keine große Auswahl an Vorräten zur Verfügung, und so sagte ich einfach: „Ich kann dir Teigwaren mit Bohnen und grünem Salat anbieten. Keine Auswahl – es ist fast so wie im Leben selbst. Ist das genehm?" – „Es ist das Leben selbst", sagte Barbara daraufhin nur. Und sie stand zu mir an den Herd, und wir kochten das Essen gemeinsam. Es war eine wunderbare Mahlzeit – nicht nur schmackhaft, sondern auch tief und innig. Barbara hatte Kräuter beigesteuert, die sie aus dem Hof mitgebracht hatte, und wohl auch die Liebe und die Innigkeit. Auch sie schien unser Essen zu genießen, und danach zündeten wir im Wohnzimmer Kerzen an, und wir verbrachten davor einen stillen Abend, in dem es nichts mehr zu besprechen gab. Ich fragte sie auch nicht, wie es mit dem Bauernhof wäre, wo sie früher abends doch immer erwartet wurde, und dachte, dass das Leben alles wissen und alles richten würde. Tatsächlich hatte ich auch keine Vorstellung mehr davon, wie es sein sollte, und es gab keine Wünsche – wohl auch nicht von Barbara. So verklang der Abend in schöner Weise. Nicht immer muss gesprochen werden, um zu fühlen – vielmehr zeigen sich die Gefühle eher dann, wenn sich das Schweigen über einen legt.

Einige Tage war Barbara bei mir geblieben, bis sie auf den Bauernhof zurückkehrte, welcher ja der Ort ihres Lebens war. Dass sie ein bisschen bei mir wohnen wollte, wie sie es gesagt hatte, hieß nicht, dass sie bei mir einzuziehen wünschte. Das wäre wohl für uns beide nicht das Richtige gewesen, denn sie hätte dazu ihre Welt verlassen müssen, und mir hätte es vielleicht den Raum genommen für das reine Dasein, das mir zunehmend wichtiger geworden war. Man hätte es ein kontemplatives Leben nennen können, das sich hier im Steinhaus entwickelt hatte, aber eine solche Beschreibung wäre schon eine Zuordnung gewesen, und diese wäre dem Unbeschreiblichen nicht gerecht geworden, das sich mehr und mehr zeigte. Die Tage mit Barbara waren erfüllend – wir hatten viele Gespräche über ein Leben in äußerer und innerer Freiheit, die letztlich eine einzige Freiheit war, die Freiheit des reinen Seins. Dabei hatten wir auch manche kleine und größere Wanderung unternommen, die in die Weite der Landschaft und zurück ins kleine Steinhaus führten, wo uns die Stube immer wärmend empfing.

Ich hatte Barbara nicht gerne wieder ziehen lassen, aber als sie gegangen war, breitete sich eine letzte Stille aus, die nichts mehr mit menschlicher Beziehung oder irgendwelchen Unternehmungen zu tun hatte. Dieses Alleinsein war ein Sein im All-Einen, und die Einheit aller Erscheinungen war wahrnehmbar. Die äußere Welt erschien dabei wie ein Traum, wie ein Phänomen, das nicht mehr einzuordnen war, und von dem nicht mehr gesagt werden konnte, dass es die ‚Realität' sei. Über das Wesen von Realität hatte ich mir ja schon früher Gedanken gemacht und mich auch mit Jeduschin darüber ausgetauscht, aber nun war es nochmals anders. Es ging nicht mehr nur darum, dass die Erscheinungen ihrer Vergänglichkeit wegen nicht wirklich real waren, und auch nicht darum, dass sie erst durch unsere Interpretationen zu dem werden, was sie uns sind. Vielmehr erschien mir die ganze Welt von traumhaftem Charakter. Sie existierte und war doch nur ein Bild, und die Ereignisse vollzogen sich und waren doch eher wie in einem Film. Wie schon erwähnt war die Welt ‚durchsichtig‘ geworden, sie war real und doch auch nicht – die Ereignisse mochten bedeutungsvoll erscheinen und waren doch unwesentlich. Selbst die eigene Existenz geriet in den Strudel der Unwirklichkeit. Da gab es auch nichts zu tun oder gar zu erfüllen. Es war keiner mehr da, der von sich sagen konnte, ‚ich bin es‘, weil es dieses ‚Ich‘ nicht mehr gab, womit sich die meisten Menschen identifizieren.

Die weiteren Tage vergingen, ohne dass sich etwas zugetragen hätte, selbst wenn im Äußeren das eine oder andere geschah. Was geschah, war in dem Sinne eben nicht ‚wirklich‘, es waren Erscheinungen, die wieder verschwanden wie die Bilder eines Buches, wenn die Seiten herumgeblättert werden. In einer solchen Wahrnehmung zu verharren mag für manche Menschen schwierig sein, weil eben nichts mehr passiert. Und zugleich liegt darin eine Weite und Größe, die im tätigen Alltag schwer zu erfahren ist. Es ist, als ob sich die Ebenen des Daseins oder der Wahrnehmung verschöben: was üblicherweise als real erscheint, wirkt traumhaft, und was unfassbar in allem ist, wird zur neuen Realität. Wie aber bewegt es sich in einer solchen Realität, welche die Welt als traumhaft erscheinen lässt? – so könnte man fragen, und die Antwort wäre, dass sich im reinen Sein trotz aller Ereignisse gar nichts bewegt. Auch während des Besuchs von Barbara blieb da die reine Stille, die durch nichts gestört werden kann, ja die sich darin sogar verdichtete. Solange sich die Ereignisse zutragen, ist man sich über ihren flüchtigen Charakter ja oft weniger bewusst als im Nachhinein, wenn die große Stille wieder ganz eingekehrt ist.

Wie sich mir die Welt so in ihrer Unfassbarkeit darstellte und mir auch klar war, dass ich dies alles nie wirklich begreifen würde, kam mir Mauro wieder in den Sinn, jener unglaubliche Mann, der in den Hügeln in einer Holzhütte lebte und den ich mit Jeduschin zusammen einmal besucht hatte. Ich hatte damals den Eindruck eines urtümlichen Menschen, der zugleich von hoher geistiger Wachheit war. Er hatte wenig gesagt, denn er war kein Mensch der Worte. Und zugleich hatte ich den Eindruck, dass er mit mir in einer anderen Weise sprach und mir Dinge aufzeigte, über die zu reden unmöglich war. Er hatte sie nur angedeutet mit Aussagen wie ‚die Welt ist nicht wirklich', und doch hatte sich bei ihm meine übliche Wahrnehmung der Welt aufgelöst. Und nun – in der Stille des Steinhauses – stand Mauro vor meinen Augen, fast als wäre er wirklich da, und ich fragte mich, ob ich nun mit dieser Traumgestalt sprechen oder zu ihm hingehen sollte. Vielleicht bestand da auch gar kein großer Unterschied, weil die innerlich wahrgenommene und die äußere Welt letztlich eins sind. Ich entschloss mich dann, zu ihm hinzugehen, um zu sehen, wie es sich bei ihm hinsichtlich Innen- und Außenwelt verhielt

Langsam stieg ich den Berg hinan, auf dem Mauro weiter oben lebte. Seine Hütte lag über dem kleinen Steinhaus, das nun meine Wohnstatt geworden war. Der Anstieg war recht steil, und er führte zudem zeitweilig durch unwegsames Gelände. Obwohl ich mit Jeduschin einen anderen Weg gegangen war, glaubte ich Mauros Hütte finden zu können, und ich überließ mich dabei der Intuition, die mir den Weg zeigen würde. Bei Jeduschin hatte ich gelernt, dass dies in der Gegend hier die bessere Art war, einen bestimmten Ort zu finden, als einer innerlich zurechtgelegten Landkarte zu folgen. So fand ich auch recht mühelos zu der kleinen Mulde im Berghang, worin seine Klause lag. Wie ich zu seiner Hütte kam, trat Mauro heraus und schaute dabei etwas mürrisch drein. Er war sich wohl nicht gewohnt, einfach so besucht zu werden, aber anmelden konnte man sich bei ihm auch nicht. Als ich näher kam, schien er sich aber daran zu erinnern, dass ich einmal mit Jeduschin bei ihm gewesen war. Wie damals begrüßte er mich nur mit „Hm", was allerlei bedeuten konnte. Im besten Falle war es ein Willkomm, aber es konnte auch die Bedeutung haben, ihn bitte nicht weiter zu stören. Was er diesmal damit meinte, konnte sich erst im Verlauf der weiteren Konversation zeigen.

Da ich schon wusste, dass er sich kurz und ans Wesentliche hielt, kam ich direkt zur Sache. „Seit ich im kleinen Steinhaus von Andro lebe – vielleicht hast du davon gehört – erscheint mir die Welt zunehmend durchsichtiger. Es kommt mir vor, als wäre alles ein Traum. Und da habe ich mich daran erinnert, dass du beim letzten Besuch von Jeduschin und mir sagtest, dass es mich und die Welt nicht gäbe – nicht in einem objektiven Sinne. Geht es darum, wenn mir die Welt traumhaft erscheint?" – „Setz dich doch", meinte er daraufhin und wies auf die Bank beim hölzernen Tisch vor dem Haus. Für Mauros Verhältnisse war dies schon eine herzliche Einladung, und so ließ ich mich nach dem langen Aufstieg gerne nieder. Er ging ins Haus und kam mit einer Flasche Rotwein und zwei Gläsern zurück – was ich nie erwartet hätte. Wie Jeduschin war auch Mauro offenbar immer wieder für eine Überraschung gut. „Hast du nicht mit Jeduschin darüber gesprochen?" fragte er dann und setzte sich ebenfalls an den Tisch. – „Das ist so", antwortete ich, „wir sprachen davon, dass die eigenen Weltbilder zerfallen, wenn man sich nicht mehr als Person versteht." Bedächtig schenkte Mauro die beiden Weingläser ein, und wir stießen zusammen an. „Willkommen bei uns", sagte er dazu, aber nichts mehr weiter. Was er damit wohl meinte, da er doch allein hier lebte? Bezog er sich auf die Menschen, die ohne Vorstellungen von sich und von der Welt lebten? – „Danke", sagte ich zu seinem Willkomm und nahm einen Schluck vom guten Wein. – „Ein traumhafter Wein", meinte Mauro dazu, „findest du nicht?" Tatsächlich war er gut, aber Mauro spielte wohl auf den traumhaften Charakter der Welt an, den ich zum Thema gemacht hatte. – „Was ist der Traum?" fragte ich dann. – „Du selbst, die Welt und alles, was du dir vorstellst", war seine kurze Antwort. – „Und was ist die

Welt ohne Traum?" fragte ich weiter. – „Es gibt sie nicht", war seine spontane Reaktion. „Es gibt nur deine Vorstellung davon. Das ist alles." – „Wir leben also in einer vorgestellten Welt?" fragte ich weiter. – „So ist es, und es sieht aus, als ob sie real wäre. Die Menschen halten ihre Vorstellungen der Welt im Allgemeinen für die Realität." – „Es gibt also keine Realität", wollte ich daraufhin wissen. – „Nicht wirklich, nur vermeintlich." Dass es ‚mich nicht gibt', das hatte ich empfunden, als sich in mir bei Jeduschin etwas geöffnet hatte, das nicht zu benennen war. Damals hatte ich eine Art ‚Auflösung' erfahren, und Jeduschin hatte dazu erklärt, dass die vermeintliche Identität und Festigkeit von uns selbst eine reine Vorstellung sei – eben ein ‚Traum' – und dass wir uns selbst und die Welt ‚träumten'. Mauro erläuterte die Dinge aber nicht wie Jeduschin und gab nie lange Antworten. Stets blieb es damit mir überlassen, was daraus weiter würde. Alles war ja auch irgendwie unwirklich, nicht nur unserem Gesprächsinhalt entsprechend, sondern auch gemäß meiner Stimmung.

Mit Mauro war es nun nicht anders, als wie ich es im Steinhaus gefühlt hatte. Offensichtlich war er nicht gewillt, mich auf den Boden einer gefühlten ‚Realität' zurückzuholen. So traumhaft zu leben, kam mir sehr eigenartig vor, aber vielleicht war dies der Zustand, in welchem sich Mauro ständig befand. Vielleicht war er da und zugleich nicht da, und wir unterschieden uns darin gar nicht. Hatte er das mit seinem ‚Willkommen' gemeint? Willkommen in der Traumwelt? Oftmals sagen Menschen von spirituellen Leuten, dass sie träumten, aber vielleicht war es umgekehrt. Vielleicht träumten die normalen Menschen das, was ihnen als Realität erschien, und Menschen wie Mauro hatten aufgehört zu träumen. Das musste nicht heißen, dass sie ‚wirklicher' lebten als andere, sondern nur, dass sie sich des traumhaften Charakters der Erscheinungen bewusst waren, die andere für reine Realität hielten. Mit diesen Gedanken löste sich etwas zwischen mir und Mauro auf, und es kam mir vor wie im Steinhaus, als ich mich fragte, ob ich meine Fragen dem konkreten oder dem Mauro in meinem Inneren stellen sollte. Da waren ich, der innere Mauro und der Mann am Holztisch eins, und es gab dazu nichts zu sagen. Friedlich tranken wir unsere Weingläser aus, und ich dankte Mauro für seine kurzen Antworten, in denen sich ganze Welten verbargen.

Langsam ging ich den Weg zurück ins Steinhaus, und es gab nicht einmal mehr etwas zu denken. Immer noch war dies ein ungewohnter Zustand für mich, aber er hatte in mir schon vermehrt Einzug gehalten, seit ich allein im kleinen Haus lebte und nichts mehr meine Tage ausfüllte, was mich von einer tieferen Wahrnehmung der Welt hätte abhalten können. ‚In mir Einzug gehalten' war dabei aber eine unzureichende Beschreibung, denn im Grund gab es kein ‚mir' und keinen ‚Einzug', sondern vielmehr eine Veränderung, welche dieses ‚ich' mehr und mehr zum Verschwinden brachte. Im kleinen Steinhaus, das atmosphärisch Jeduschins Kapelle und Anwesen nicht unähnlich war, gab es keine Resonanz und keine Antwort auf das, was ich tat und dachte, und so lösten sich derartige Beschreibungen und selbst die Belange eines vermeintlich erfüllten Lebens langsam auf.

Lange hatte ich bei Jeduschin und eben gerade noch bei Mauro nach Antworten gesucht, die es so nicht gab, – ja nicht geben konnte – denn sie hätten auf einer ‚Wirklichkeit' basiert, die nicht nachzuweisen war. In der eigenen Klause erfuhr ich die Grenzen meiner und vielleicht auch aller konstruierten Weltbilder, und es zeigte sich mehr und mehr, dass es nur eine innerlich wahrgenommene Welt gibt. Auch die Menschen, die sich in einer ‚realen' Welt wähnten, befanden sich in einer Welt, die ihre eigene Wahrnehmung war. Natürlich konnte man sich mit einer solchen Einschätzung Kritik aussetzen, denn wer auf die Realität der Außenwelt pocht, kann etwas anderes nicht hören, geschweige denn verstehen. Vielleicht meinen solche Menschen, dass ihnen mit der Betonung des Inneren etwas von ihrer Welt oder von ihrer Wirklichkeit genommen würde, aber das ist nicht der Fall. Alle erleben das Unergründliche in dieser realen, traumhaften oder auch wie immer zu beschreibenden Welt in ihrer je eigenen Weise, und daran gibt es nichts auszusetzen. Es sind ja immer nur Erlebnisweisen, und darüber zu streiten lohnt sich nicht. Vielleicht lag auch darin der Grund, warum sich Mauro nicht auf längere Gespräche einließ. Sie würden nur zu Widersprüchen und eventuell zu Streit führen, wo es doch nur um Traumbilder der Welt ging, die sehr wohl unterschiedlich sein durften. Mauro schien einfach zuzuhören und spontan zu reagieren, ohne jemanden belehren oder von etwas überzeugen zu wollen. Auch das wäre ja ein reines Traumgeschehen, und da war es doch besser, ein Glas Wein zusammen zu trinken, einen real-traumhaften Wein zugleich.

Wie ich von Mauro ins kleine Steinhaus zurückgekehrt war, fiel mir die Ähnlichkeit unserer Lebensweise auf, auch wenn meine Unterkunft komfortabler war als seine Hütte. Auch ich lebte allein und abgeschieden und fragte mich nun, ob ich wie Mauro und Jeduschin zu einer Art Einsiedler würde. Ich erinnerte mich, dass ich Jeduschin bei unserem ersten Zusammentreffen danach gefragt hatte, ob er ein Einsiedler sei, und wir hatten darüber gesprochen, was denn einen Einsiedler ausmache. Jeduschin hatte sich nicht von der Welt abgewandt, wenn er auch oft allein und nach innen lebte. Der äußeren Form nach war auch ich kein wirklicher Einsiedler, und doch war ich mir selber ausgesetzt, weitgehend ohne Ablenkung. Im Grunde war ich ganz ungewollt in diese Lebenssituation geraten, und doch war sie naheliegend, denn ohne ein entsprechendes Bedürfnis hätte ich mich seinerzeit nicht von Jeduschin angezogen gefühlt. Wenn ich zurückschaute, hatte sich meine jetzige Lebensform seit vielen Jahren vorbereitet – vielleicht nicht unähnlich jenen Mönchen auf dem ‚heiligen Berg‘, die ich einmal besucht hatte. Gemäß ihrer Regel mussten sie zuerst lange in einer kleinen Gemeinschaft leben, bevor ihnen ein Leben als Einsiedler erlaubt wurde. Im Vergleich dazu war ich schneller in eine Klause gekommen, und im Unterschied zu ihnen hatte ich auch keinen geregelten Tagesablauf mit Frühgebet, fixen Zeiten für die Arbeit, bestimmten Essenszeiten und Ritualen, die zu verrichten waren. Bei mir gab es anstelle derartiger Strukturen eine große Freiheit. Ob dies schwieriger oder einfacher war als ein vom klösterlichen Rhythmus geprägtes Mönchsleben, vermochte ich nicht zu beurteilen, denn ich hatte nie in solch geregelten Verhältnissen gelebt. Ich konnte mir aber vorstellen, dass die Tagesabläufe den Mönchen einen gewissen Halt gaben, der mir versagt war, und dennoch fühlte ich mich in meiner neuen Lebensform meistens nicht unwohl. Ich war ja auch nicht auf Lebenszeit verpflichtet, sondern frei in der Tagesgestaltung und im Lebenslauf.

Wie in Klöstern gab es aber auch bei mir viel zu tun, und vor allem wollte ich die Sträucher und Bäume roden, welche dem Haus eine unnötige Enge gaben. Um die ursprüngliche Lichtung wieder herzustellen, bedurfte ich der Hilfe, die mir Bauern aus der Umgebung gerne zusagten. Nach und nach hatte ich einige von ihnen kennengelernt, und sie kamen mit Äxten und Transportgeräten, und nach einiger Zeit stand das kleine Haus wieder wie früher in einer Waldlichtung, und die Sonne fand wieder den Zugang zu den Fenstern und zum kleinen Balkon an der Seite des Hauses. Meine Helfer bei den Waldarbeiten fragten in den Pausen auf dem Balkon nicht danach, was ich im kleinen Haus denn täte. Wenn sie aber von ihren Sorgen berichteten, sagte ich gelegentlich etwas dazu. Es waren aber keine Vorschläge für die Lösung von Problemen, sondern meine Gedanken dazu betrafen eher die Einordnung ihrer Sorgen im Lebensganzen. Solche Einschätzungen kannten sie vielleicht weniger, doch manchmal horchten sie auf und gingen dann leichteren Herzens wieder an ihre Arbeit. Ihre Welt war mir durchaus nicht unvertraut, weshalb ich in einem guten Austausch mit ihnen stehen konnte, aber wir spürten beiderseits, dass ich nicht einer der ihren war. In meiner Welt fühlte ich mich wie in einem großen weiten Raum, der durch nichts bestimmt war, obwohl ich manchen Aufgaben nachging, während sich die Landleute in ihrer Welt mit all den Aufgaben identifizierten, denen sie sich widmeten. Jeden Tag gingen sie den Notwendigkeiten nach, die sich durch die jeweilige Jahreszeit ergaben, und in dieser Weise erfüllte sich ihr Jahr. Meine Zeit war dagegen so angelegt, dass die Jahreszeiten an mir vorbeizogen, wenngleich mein stilles Leben auch nicht ohne Aufgaben war, Diese erfüllten sich aber oft von selbst.

Gelegentlich fühlte ich mich auch einsam, und in solchen Stunden hätte ich befreundete Menschen besuchen können. Das tat ich aber absichtlich nicht, denn es ging nicht darum, dem eigenen Dasein auszuweichen. Ich ging nur dann zu anderen, wenn ich mich nicht einsam, sondern ganz aufgehoben fühlte – wenn ich andere Menschen also nicht ‚brauchte‘, sondern die Begegnungen einfach eine schöne Abwechslung waren. An solchen Treffen hatte ich aber nicht viel zu berichten, weil oft nur wenig Äußeres geschehen war, das der Erwähnung wert gewesen wäre. Und so drehten sich unsere Gespräche jeweils bald um grundsätzliche Fragen des Lebens und des Daseins. Meine Bekannten lebten ja auch nicht viel anders als ich, selbst wenn sie in einer Siedlung wohnten wie Manuel oder Klara und Olga, die ich durch Manuel kennen gelernt hatte. Und dennoch schien es mir ein Unterschied zu sein, ob man die Tage und Abende vorwiegend ohne andere Menschen verbringt. In meinem Fall war dies vielleicht auch notwendig, damit mir die Stille spürbarer wurde, die jeden Menschen umgibt. Auch von dieser Stille konnte ich aber wenig berichten, weil sie unbeschreiblich ist. Sie ist ja nicht etwas Bestimmtes, sondern vielmehr das, worin sich alles einbettet – selbst der Lärm. In der Stille der Tage und der Weite des Raumes war einfach ein Unergründliches, das mich umgab, und von dem ich mich nicht unterschied. Das aber kannten die anderen auch, und so verloren sich an unseren Treffen oft auch die sogenannt ‚spirituellen' Themen in der Weite des unbeschreiblichen Seins. Solche Themen hatten nicht mehr jenen Sinn, den man ihnen üblicherweise zuordnet, denn jeder Sinn misst sich an einer vordefinierten Ordnung, und diese bestand in der großen Weite ja nicht.

Die Zeiten der Stille im kleinen Steinhaus waren zeitweilig von so großer Innigkeit, dass ich es am liebsten nie mehr verlassen hätte. Da gab es nichts Schöneres und Erfüllteres als das reine Dasein. Es war unbeschreiblich, und doch von der Welt der Erscheinungen nicht getrennt. Wenn ich aus dem Fenster schaute, war das Unbeschreibliche da, wenn ich das Mittagessen bereitete, war es da, und auch im Einschlafen am Abend und beim morgendlichen Aufwachen. Die Zeiten ohne Einflüsse der äußeren Welt waren mir wichtig, und ohne Ablenkung wurde mir das Alleinsein zur Weite selbst.

Da Jeduschin über tiefe Erfahrung in einer derartigen Lebensform verfügte, beschloss ich, ihn wieder einmal zu besuchen. Schon länger hatten wir uns nicht mehr gesehen, und von einem Austausch versprach ich mir weitere Orientierung und Anregung.

Wie bei Mauro konnte man sich bei Jeduschin aber nicht anmelden, und so waren es immer die Lebensverhältnisse selbst, die ein Zusammentreffen ermöglichten oder auch nicht. Für das Zustandekommen einer Begegnung mochte auch die Intuition eine gewisse Rolle spielen. Zu ihm zu gehen hatte keinen Sinn, wenn die eigene Schwingung nicht wirklich darauf ausgerichtet war, wie ein Kompass, der in einer spirituellen Landschaft die Richtung weist. An diesem Tag hatte ich aber die klare Empfindung, dass es gut wäre, Jeduschin zu treffen, und entsprechend machte ich mich auf den Weg. Den direkten Pfad durch die teilweise dicht bewachsene Gegend kannte ich inzwischen, und so war der Weg kürzer als bei meinem Einzug ins kleine Steinhaus, als ich jeweils der schmalen Straße auf die Anhöhe gefolgt war, um Jeduschins Haus nicht zu verpassen.

Im Einklang mit meiner Empfindung war Jeduschin auch tatsächlich da. Als ich auf den Hof des Anwesens trat, saß er auf der Steinbank und schaute den Blättern zu, die sich im ersten Herbstwind von den Bäumen lösten und über den Hof und die Wiese flatterten. Es wirkte wie ein frohes Spiel der Natur, die sich erneuerte, und ich dachte, ob es auch uns Menschen so ginge, wenn wir am Lebensende zu Erde werden, woraus wiederum neues Leben erwächst. Es waren aber nicht mehr dieselben Blätter, die erneut am Baum wuchsen, sondern neue, andere. Und so dachte ich, dass auch unsere individuelle Lebensform nicht wieder als die gleiche erscheinen würde, sondern in neuer Gestalt, die aber demselben Lebensquell entspränge. Mit einem freundlichen „Hallo" begrüßte mich Jeduschin, und feinfühlig wie er war, musste er mich schon erwartet haben. In jenem Feld, das die Menschen miteinander verbindet, mochte sich ihm mein Besuch angezeigt haben, und so war er davon auch nicht überrascht. Den Gruß erwidernd setzte ich mich zu ihm auf die Steinbank. Wie bei meinen früheren Besuchen schwiegen wir erst einmal, und wir ließen den Blick in die Landschaft und zu den wirbelnden Blättern gleiten, zu denen sich jetzt auch noch einige Vögel gesellten, als wollten sie sich am Tanz beteiligen. „Es ist schön, wieder einmal hier zu sein", sagte ich daraufhin. „Manchmal fühle ich mich recht allein im kleinen Haus, wo ich jetzt wohne. Meine Stimmung ist dort im Allgemeinen zwar sehr dicht, aber wenn die zentrierte Atmosphäre nachlässt und niemand da ist, kann es recht einsam werden." – „Ja", äußerte sich Jeduschin anteilnehmend und sagte dann einige Zeit nichts mehr. Wie ich es an ihm kannte, ließ er meine Worte in sich einsinken, sodass sie zu einem Teil von ihm selbst wurden, und daraus ergab sich vielleicht eine Antwort. „Es geht wohl nicht anders, als dieses Alleinsein auszuhalten, wenn man sich im allgegenwärtigen Sein verankern will. Ablenkungen verhindern dessen Wahrnehmung, und die Person, als die wir uns so lange gefühlt haben, meldet sich gerade in einsamen Momenten gerne zurück. Mit anderen Menschen zusammen zu sein, ist einfacher als das reine Alleinsein. Für die tiefe Begegnung mit Menschen ist die Erfahrung des Alleinseins aber notwendig. Selbst wenn nur einer damit vertraut ist, kann die schweigende Größe des Daseins für andere spürbar werden. Und wenn sich mehrere darin auskennen, sind die Begegnungen umso intensiver. Ist es nicht das, was wir auch gerade jetzt zusammen erleben?" Das war nun tatsächlich so, und ich fühlte, wie sich die dichte Stimmung aus dem Steinhaus mit derjenigen in Jeduschins Anwesen verband, und wie meine Erfahrung in der eigenen Klause den Bezug zu Jeduschin neu werden ließ.

In dieser Hinsicht war Jeduschin allerdings nicht mehr mein Lehrer. Nun war im Eigenen verwirklicht, wofür auch Jeduschin stand, und wozu er mir ursprünglich viel Anregung gegeben hatte. Aber er war mir auch jetzt ein wichtiger Gesprächspartner. Er konnte mir bestätigen, was ich erlebte, und wir konnten zusammen den Blättern im Wind folgen. Unser Gespräch war nun mehr auf Augenhöhe, auch wenn er mir noch manches voraus hatte. „Wie ergeht es denn dir, wenn du allein im Anwesen bist?" fragte ich dann. „Nicht unähnlich, wie du es beschreibst", antwortete er, „nur dass ich mich nicht mehr einsam fühle, auch nicht zeitweilig. Früher am Meer hattest du dies doch einmal erlebt, als wir bei deinem ersten Besuch zusammen dort waren, und so ist es für mich stets. Da findet sich einfach Blätter-Steinbank-Vögel-Micha in einem. Und wenn ich allein bin, ist einfach Blätter-Steinbank-Vögel. Wo liegt da der Unterschied? Nur als abgegrenztes Wesen kannst du dich einsam fühlen, sonst nicht." Wie früher spürte ich wieder, dass er recht hatte, und dass sein innerer Zustand nicht wie meiner schwankte. Wenngleich ich mich nicht mehr in einer Welt voller Abgrenzungen erfuhr, so spürte ich dieses ‚eine Sein' doch manchmal intensiver als zu anderen Zeiten. Jeduschin war mir nun Zeugnis dafür, dass sich dies einmal ganz einebnen könnte. „Bedeutet es Frieden, wenn die unergründliche Weite stets spürbar ist?" fragte ich daraufhin, und Jeduschin antwortete wieder einmal nur: „ja". Dann blickten wir in die Ferne, und wieder gab es nichts mehr zu sagen. Jeduschin schöpfte aus einer unergründlichen Tiefe, die er selber war. Und darin gab es keinen Unterschied zwischen Sprechen und Schweigen. Seine Worte waren gleichermaßen von der großen Stille erfüllt wie sein Schweigen.

Still verabschiedeten wir uns nach meinem Besuch, und ich ging leicht und ernsthaft zugleich ins Steinhaus zurück. Wir hatten zusammen nichts gegessen und getrunken, und die gemeinsame Zeit war nur kurz gewesen, obwohl wir uns schon länger nicht mehr gesehen hatten. Das war eigenartig und ungewohnt, und doch war es richtig. Mehr brauchte es nicht, und es kam mir auch vor, als hätte mich Jeduschin in meine Klause zurückgeschickt, auf dass sich vertiefe, was angesprochen worden war. Ich fühlte, dass alles seine Zeit hatte, auch das Alleinsein, bis jede Einsamkeit ausgebrannt wäre und sich nur noch dieses eine Dasein manifestierte, worin alles aufgehoben war.

Jeduschins Gedanken zum Umgang mit der Einsamkeit gingen mir die folgenden Tage nach. Er hatte diese Gefühle für sich offensichtlich bewältigt, und er hatte mir bedeutet, dass sie ganz durchschritten werden müssten, bis sich alle Angelpunkte aufgelöst hätten, an denen sie sich festmachen können. Und Barbara hatte einmal gesagt, dass die im Alleinsein wahrgenommene Einheit allen Seins auch Liebe genannt werden könne. So waren vielleicht selbst Einsamkeit und Zweisamkeit vom selben Wesen, dachte ich mir nun dazu, und es würde nicht darauf ankommen, welches gerade vorherrsche. Jeduschin konnte sehr gut allein sein, ohne sich einsam zu fühlen, und dennoch stand er durchaus in Beziehung zu anderen Menschen. Allen voran betraf dies wohl Esmeralda, die von ähnlichem Wesen wie er zu sein schien. Worin aber ihre Beziehung genau bestand, war mir bisher rätselhaft geblieben. Wie sich Beziehungen zwischen anderen offenen Menschen zeigen, als ich es mit Barbara erfahren hatte, wollte ich aber gerne besser verstehen. Das musste ich allerdings selber herausfinden, da Jeduschin grundsätzlich nicht über seine Beziehungen sprach. Es musste eine andere Art von Beziehung sein, als sie üblicherweise zu beobachten ist. Sie bewegte sich nicht wie die meisten Beziehungen im Spannungsfeld zwischen Abhängigkeit und Autonomie.

Gerne wollte ich das Thema mit Barbara vertiefen, und so beschloss ich, sie wieder einmal zu besuchen. Nicht wenig erstaunt war ich, als mir Barbara auf dem Weg zu ihr entgegenkam. Es war, wie wenn sich Vögel ohne Planung zu Schwärmen zusammenfinden. Wir beide waren einfach unserer jeweiligen inneren Schwingung gefolgt, und so trafen wir ziemlich in der Wegmitte aufeinander. „Eben wollte ich zu dir gehen", begrüßte ich sie, und Barbara nahm mich still in die Arme. – „So erging es auch mir, ich fühlte, dass es Zeit wäre, dich wieder zu sehen. Du lebst doch recht einsam in Andros Haus, und das ist sicher nicht immer einfach." Ich schlug ihr vor, zusammen zum kleinen Steinhaus zurückzugehen, wo sie die neu gestaltete Waldlichtung sehen könnte und wir uns im Haus austauschen könnten. Gerne willigte sie ein, denn sie war ja ohnehin auf dem Weg dazu gewesen. Während wir gingen, schauten wir gemeinsam in die Bäume, welche den Wegrand säumten, und sie gaben uns das Gefühl, in der Natur aufgehoben zu sein. Der Fahrweg war noch etwas feucht vom Regen der vergangenen Nacht, und gelegentlich fielen noch einige Tropfen aus dem Blätterdach auf unsere Köpfe. Wir sprachen nicht viel, und es war wunderbar, einfach gemeinsam in diesem Dasein zu schwingen.

Beim Haus angekommen öffnete sich der Weg zur wieder hergestellten Waldlichtung, und Barbara war sehr erfreut darüber. Es erinnerte sie wohl an ihre Jugendzeit, wo sie Andro öfter in dessen Haus in der Lichtung besucht hatte, und nun war es wieder ähnlich wie damals. „Schön ist es geworden", sagte sie dazu, „und schön, dass du jetzt hier lebst." Barbara war immer auch etwas geheimnisvoll für mich, denn sie sagte Dinge, die auf eine tiefe Bindung zu mir schließen ließ, und doch sprach sie kaum je direkt darüber. – „Du gehörst auch etwas hierher", antwortete ich darauf, „und wenn du nicht da bist, fehlt doch manchmal etwas." – „Weißt du, es kommt nicht darauf an, ob man in einem kleinen Steinhaus allein ist oder auf einem Bauernhof", meinte sie dazu etwas betrübt. Auch ihr schien wohl etwas zu fehlen. Und so entwickelte sich ein Gespräch über Beziehungen, was mir ja ein Anliegen war. Darin spürten wir beide, dass es in einer innerlich großen weiten Welt um etwas Neues ging, wofür die Gesellschaft noch kein Modell entwickelt hatte. Das neue innere Dasein verlangte auch nach neuen Formen von Beziehung. So sprachen wir also über die Frage, wie denn Beziehungen in der großen Stille und Leere, welche diese Welt ja auch war, zu verstehen seien und wie sie aussehen könnten. Und ob es überhaupt Beziehungen gäbe in einer Weltsicht, die vom ungeteilten Einen allen Seins ausging. Wir beide wussten die Antwort nicht, aber wir versuchten immerhin, dies zu ergründen.

„Es muss etwas sein, das jenseits von Abhängigkeit und Autonomie liegt", meinte ich dazu in Anlehnung an meine früheren Gedanken, „doch was kann das sein?" Barbara antwortete nicht gleich darauf, vielleicht weil sie etwas fühlte, das nicht beschrieben werden kann. „Es ist ein Ort, wo sich Freiheit und Bindung nicht mehr ausschließen", antwortete sie schließlich, „vielleicht ein Ort, wo sich die Betroffenen ganz ihren Inspirationen hingeben und es kein Programm und keine Beschreibung von Beziehung gibt." – „Verbindung kann nur geschehen und bestehen, wenn etwas getrennt ist", fügte ich an, „wenn in der großen weiten Welt aber alles als Eins wahrgenommen wird, wie sieht es dann aus?" Wieder schwiegen wir eine Weile, wohl weil darauf keine einfache Antwort zu finden war, oder weil wir sie nicht wussten. Im Unfassbaren ist eben auch eine Bindung unfassbar. Sie mochte eine Erscheinung sein wie andere Erscheinungen auch, die einfach Teil des Ganzen und zugleich das Ganze selbst sind. „Ist die Bindung auch das Ganze?" fragte ich aus diesen Überlegungen heraus. – „So muss es sein", meinte Barbara daraufhin. Sie sagte darauf nichts mehr weiter und ging in die Küche, um uns einen Tee zu bereiten. Damit setzten wir uns auf der Veranda an die Herbstsonne und schauten in die Lichtung und das Blätterdach an ihrem Rande. Es war eine wunderbare Atmosphäre, und es fehlte an nichts.

Den Tee nahmen wir still und schweigend ein, und wir spürten beide das Große, das uns umgab und das wir selber waren. Offenbar war unsere Beziehung nicht zu fassen, und sie ließ sich auch nicht beschreiben über Wohnformen, ein allfälliges Zusammenleben, gemeinsame Interessen oder Ähnliches. Sie entzog sich selbst den Kategorien von Alleinleben und Familiendasein, wie sie in unserem Falle doch bestanden. Sie hatte einerseits nichts damit zu tun, und andererseits umfasste sie all dies. Es war genau so, wie es war, und das tiefe innere und auch gemeinsame Sein war das, was sich manifestierte. Es ging dabei auch nicht um Zeit oder eine mögliche, ausgedachte Zukunft, sondern es ging um das, wie es war, und das keiner Beschreibung bedurfte, um zu sein, was es war. Beschreibungen konnten es im Gegenteil nur beschädigen, weil jede Beschreibung einschränkend ist. So saßen wir auf der Veranda, und wir fühlten unsere Beziehung, und zugleich hätte sie keiner von uns in

Worte fassen können. So verhält es sich ja grundsätzlich mit allem, was sich in dieser Welt zeigt, und warum sollte es zwischen uns anders sein? Das Entscheidende war damit wohl nicht die Frage der Beziehung, sondern diejenige nach der Welt schlechthin. Wenn die Welt umfassend und in sich selbst nicht getrennt wahrgenommen wird, so waren auch Barbara und ich nicht getrennt, und wir mussten uns deshalb auch nicht verbinden.

Der Blick ins Blätterdach am Rand der kleinen Waldlichtung kam mir so weit vor wie derjenige von der Anhöhe auf das Meer. Dabei erinnerte ich mich wie schon einmal, auf welche Weise Manuel von Barbaras Geist gesprochen hatte, als ich ihn einmal in seiner kleinen Siedlung besuchte. Er hatte mir damals erzählt, dass zahlreiche Menschen mit einer offenen Lebenshaltung in der Gegend lebten, und dass Barbara von besonderer Tiefe und Weite war und deshalb großes Ansehen genösse. Obwohl ich ihren Geist sehr schätzte, hatte ich bis dahin nicht bemerkt, wie umfassend ihre Sicht und ihr Verständnis waren. Wie mir Manuels Worte nun wieder in den Sinn kamen, wollte ich Barbara doch gerne danach fragen, denn sie hatte sich nie von sich aus über diese anderen Menschen und ihre Stellung in deren Kreis geäußert. Ja, sie hatte mir auch deren Existenz verschwiegen und sie erst bestätigt, nachdem ich unabhängig von ihr auf diesen Kreis gestoßen war

So sprach ich etwas scheu in die Stille hinein: „Manuel hat mir davon erzählt, dass du bei den Menschen hier ein großes Ansehen genießt, weil du einen besonderen Zugang zum umfassenden Wesen des

Lebens hast." Sie sagte nichts dazu, und wir schwiegen beide. Nach einer Weile meinte sie, den Blick etwas verloren in die Bäume und die fallenden Herbstblätter gerichtet: „Es gibt keinen besonderen Zugang, und es gibt auch nichts darüber zu berichten. Du weißt doch, dass das umfassende Wesen für alle Menschen stets gegenwärtig ist." Wieder war es eine Weile still zwischen uns. – „Aber sie schätzen dich doch für etwas", fügte ich dann an. Und zugleich bemerkte ich das Dilemma, das sich hier zeigte. Natürlich gab es bei Barbara etwas Besonderes, und zugleich waren alle Menschen von gleichem Wesen. Jenen Menschen, denen die Tiefe des Daseins nicht direkt spürbar war, erschienen diejenigen mit einem Bewusstsein darüber als etwas Besonderes. Und bei Barbara mochten sie es wahrnehmen, und sie war offenbar von so klarer Essenz, wie sie etwa auch Jeduschin hatte. Weil dieser viel älter war, genoss er aber eher das Ansehen eines alten Meisters, den man nicht so leicht behelligt.

„Sprichst Du denn gelegentlich mit den Menschen über solche Dinge?" fragte ich Barbara dann, „zum Beispiel an den Abenden in Manuels kleiner Siedlung, wo es ‚um nichts geht', wie sie dort sagen?" – „Das habe ich auch schon getan", antwortete sie darauf, „aber im Grunde gibt es nichts zu sagen, und so weiß ich dann bald nicht mehr, worüber ich sprechen sollte." – „Zieht die Menschen in diesem Fall eher an, was sie bei dir spüren?" – „Ich weiß es nicht. Kann sein. Aber ich mache mir keine Gedanken darüber." Es war nicht leicht, Barbara beizukommen. Das lag aber nicht an einer fehlenden Bereitschaft von ihr, sondern eher an der Unmöglichkeit, über das zu sprechen, worum es hier ging. Das Unfassbare kann nicht besprochen werden, und es gibt darüber auch nichts zu berichten. Viele Menschen wollen es fassen wie ein Ding, und das geht nicht. Deshalb scheiden sich daran manchmal auch die Geister – die einen lehnen ab, was ihnen nicht fassbar und verständlich ist, und andere sind davon fasziniert und suchen, was doch nicht zu finden ist.

Auch ich hatte ja gesucht, und der Weg war lang, bis ich bei Jeduschin die entscheidenden Impulse fand. Die lange Zeit hatte dafür einen fruchtbaren Boden bereitet, und er ist notwendig, damit die Samen aufkeimen können. Und den Boden zu bereiten bedeutet, ihn zwischenzeitlich nicht zu nutzen. Man könnte in diesem Zusammenhang von einer ‚Brachzeit des Geistes' sprechen. Ob es Jeduschins und vielleicht auch Barbaras Fähigkeit war, bei guter Gelegenheit den einen oder anderen Samen in einen Boden zu senken, der dafür bereit war? Und ob sie bei anderen Menschen vielleicht sogar den Boden bereiten konnten? Das wollte ich nun gerne Barbara fragen. „Hilfst du den Menschen, ihren Geist leer werden zu lassen, und säst du dann Erkenntnissamen?" wollte ich wissen. – „So wie die Frau mit dem Apfel am Baum der Erkenntnis?" meinte sie dazu etwas belustigt. „Damals erkannten sie, dass sie nackt waren, und sie bedeckten sich", fügte sie an, „und heute ist es umgekehrt. Alle sind bedeckt und erkennen ihre Ursprünglichkeit nicht mehr." – „Zurück ins Paradies?" fragte ich dann. – „Nein, vorwärts ins umfassende Dasein." – „Aber es gibt doch Ähnlichkeiten", meinte ich daraufhin. –

„Vielleicht", antwortete sie, „aber jetzt wird die Weite des Daseins bewusst. Es macht einen Unterschied, ob du einfach im natürlichen Sein aufgehoben bist, oder ob es darüber ein volles Wissen gibt." – „Wir werden uns also über uns selbst bewusst, über unser tiefes eigenes Wesen, und dann hört die beschwerliche Suche und die Arbeit im Paradiesgarten auf?" – „So könnte man es sehen, wenn die mühevolle Arbeit als geistige Auseinandersetzung verstanden wird." So hatte ich die Geschichte vom Erkenntnisbaum bisher noch nie verstanden. Aber wozu brauchte es dann den Umweg über die ‚geistige Bekleidung'? „Warum konnte diese Erkenntnis denn nicht einfach im Paradies wachsen?" fragte ich weiter.

„Warum, warum... Ach du lieber Micha", meinte sie daraufhin und schaute mir tief in die Augen, „kannst du es nicht lassen?" Sie nahm mich in die Arme, und alle meine ‚Warums' verschwanden, und ich fühlte wieder das Leben selbst, das sich um solche Fragen nicht kümmerte. Es wurde mir warm ums Herz, und ich wäre gerne für lange so geblieben. Und so fragte ich sie scheu: „Möchtest du nicht hier leben?" – „Das tue ich schon", antwortete sie leise, „mit meinen Empfindungen bin ich oft hier. In unserer äußeren Lebensform ist es aber nicht Zeit dazu, und wir wissen nicht, ob sie je kommen wird. Es gehört zum Ganzen des Daseins, dass es nicht gewusst werden kann." In dieser großen Weite konnte nichts festgemacht werden, das spürte ich nun, und ich erkannte, dass ich mit meiner Frage etwas wissen oder klären wollte, was nicht möglich war. Das war ja gerade das Besondere an dieser neuen Art, in der Welt zu stehen, dass nichts gewusst werden konnte, bis zum Moment, wo es eintrat. Barbara hatte es auf den Punkt gebracht, und sie hatte Recht damit.

Der Tee war ausgetrunken, und nach dieser intensiven Begegnung machte sich Barbara bald wieder auf den Weg zurück ins Bauernhaus. Wir verabschiedeten uns herzlich, und als sie gegangen war, legte sich die große Stille wieder über das Haus und die Waldlichtung, und darin war alles aufgehoben, was wir besprochen und gefühlt hatten. Der Übergang vom Reden zum Schweigen fiel mir nicht ganz leicht, aber er dauerte doch nicht lange. Und dann fühlte ich, dass es letztlich keinen Unterschied gab zwischen dem Zusammensein mit Barbara und der Stille des Waldes, die mich nun umgab.

Ruhig floss alsdann die Zeit dahin, wie das Wasser eines breiten Stroms, das den Bergen entronnen war und in einer weiten Landschaft einfach so dahingleitet. Rund ums Haus hatten sich die Baumblätter weiter verfärbt, und schon viele waren vom Wind leise aus den Ästen gelöst worden und zu Boden gefallen. Dieses Geschehen der Natur hatte etwas Befreiendes an sich, und es kam mir fast vor, als würden Türen aus ihren Angeln gehoben, als wären sie nicht mehr notwendig, um ein Zimmer vom anderen zu trennen.

Wenngleich es auf einem Waldboden nichts zu reinigen gibt, so empfand ich es für die Lichtung doch anders, und so holte ich an einem Morgen Korb und Rechen, um die Blätter zusammenzunehmen. Ich trug diese dabei nicht weit fort, sondern häufte sie am Rand der Lichtung zu einem kleinen Hügel auf. Im Laufe des Winters würde dieser dann in sich einsinken wie die Menschen, wenn sie alt werden und sich wieder zur Erde neigen, der sie einmal entsprungen waren. Auch dieses Geschehen der Natur schien mir nicht mehr so bedrohlich, wie mir der Gedanke an den Hinschied in jungen Jahren vorgekommen war. Wie die Blätter würden auch wir uns zur gegebenen Zeit vom Stamm lösen. In der Stille der Waldlichtung zeigte sich mir manches ganz einfach, was man in der Geschäftigkeit einer Stadt vielleicht weniger sieht.

Wie ich an diesem Morgen schon längere Zeit mit dem Laub beschäftigt war, kamen drei Leute auf die Waldlichtung – zwei Männer und eine Frau – und ich war etwas verwundert, dass unbekannte Menschen den Weg zu mir gefunden hatten. Vielleicht waren es aber auch einfach Spaziergänger, die das kleine Steinhaus wie ich damals vom Weg her gesehen hatten, und die sich darüber ein genaueres Bild verschaffen wollten. Wie sie mich beim Laubrechen entdeckten, begrüßten sie mich freundlich und sagten gleich, dass sie von Jeduschin kämen, der ja mein früherer Lehrer und Meister war. Sie stellten sich als Julian, Grischa und Laura vor, und ich begrüßte sie meinerseits mit meinem Namen Micha und schlug ihnen vor, uns wie in der Gegend geläufig per ‚du' anzureden. Dem fügte ich nichts Weiteres an, denn die Zeit im Steinhaus hatte mich still werden lassen, und vielleicht war ich schon etwas wie Jeduschin geworden – so wie man halt wird, wenn man oft allein ist und dem Werden und Vergehen der Ereignisse und des Lebens folgt.

„Wir kommen aus der Stadt", erklärte Julian dann, „und wir haben dort eine wunderbare Institution des Geistes geschaffen. Es gibt viele Menschen, die gerne dahin kommen und an den Kursen teilnehmen, die wir zusammen veranstalten. Dabei ist es schön zu sehen, wie sich manche entwickeln, wie Befreiung und Heilung geschieht, und wie friedlich sie wieder von dannen ziehen, wenn sie gute Erlebnisse gehabt haben." Nach diesen einführenden Worten Julians konnte ich mir leicht vorstellen, warum Jeduschin die drei zu mir geschickt hatte. Wahrscheinlich war er nicht motiviert gewesen, sich mit ihrer Mission auseinanderzusetzen und schlimmstenfalls gar mit ihnen ins Gehege zu geraten. Sie hatten den Geist offensichtlich wie ein Ding erfasst, und vielleicht dachte Jeduschin, dass es für mich eine schöne Aufgabe wäre, hier einen guten Weg zu finden. Es mochte sich dabei ähnlich verhalten wie mit den Pfaden im Dickicht der Umgebung, in welchen ich mich anfänglich meines Aufenthaltes bei ihm gelegentlich verirrt hatte – der richtige Weg wäre nicht leicht zu finden. Aber ich musste dafür ja auch nichts tun, als mich einfach meiner Intuition zu überlassen – ganz so wie mich die Pfade erst dann geführt hatten, als ich keine Ziele und bestimmten Wege mehr im Kopf hatte. – „Und wir haben auch gute Beziehungen zu anderen Institutionen und bedeutenden Menschen, mit denen wir neue Programme entwickeln", fügte Laura hinzu. Darin drückte sich auch die eigene Bedeutung aus, die sie sich zumaßen, doch wollten sie vielleicht auch einen guten Eindruck machen, um mich für etwas zu gewinnen. – „Wir haben von Jeduschin und den Menschen hier gehört, und wir dachten, dass wir hier noch Weiteres lernen könnten. Vielleicht könnte sich mit der Zeit auch eine Zusammenarbeit ergeben", fügte Julian an, ohne dass ich bisher etwas gesagt hatte. Und er führte weiter aus: „Jeduschin ist ja doch schon in der Stadt bekannt, und wir dachten, dass er vielleicht einen Vortrag bei uns halten könnte – das Thema ganz nach seiner eigenen Wahl. Vielleicht könnte er etwas über die Erfahrungen in der Einsamkeit und der Stille erzählen, und wie sie für Städter nutzbar gemacht werden könnte. Eventuell könnten wir gar einmal Seminare in seinem Haus durchführen, dies für Menschen, die genau diese Stille notwendig haben. In dieser aufwühlenden Zeit und dem Betrieb der Stadt haben doch viele das Bedürfnis nach einer Auszeit. Wenn sie in einem geistigen Sinne begleitet würden, wäre das wunderbar."

„Und wie hat Jeduschin dann reagiert?" fragte ich nach. – „Er sagte, dass du genau in diesem Sinne einige Zeit bei ihm gewesen wärest, und dass wir uns doch mit dir über solche Projekte unterhalten sollten. Du würdest über Erfahrungen verfügen, wie sie Kursteilnehmende auch gewinnen könnten", antwortete Julian. Da hatte mir Jeduschin also etwas Schönes eingebrockt. Und ich fühlte, dass er es nicht getan hatte, weil er mit dem Anliegen nicht umzugehen gewusst hätte, sondern weil er wohl dachte, dass dies für mich eine gute Lehrsituation wäre.

„Was ist denn Geist?" fragte ich daraufhin mit Bezug auf die ‚wunderbare Institution des Geistes', von der sie gesprochen hatten. Sie schwiegen zunächst, weil sie auf eine solche Frage wohl nicht gefasst waren. So standen wir für einen Moment stumm beisammen, und ich nahm derweil meinen Rechen zur Hand und widmete mich wieder dem Laub. Das mochte für sie eigenartig gewesen sein, denn sie schauten mich etwas irritiert an. Dabei konnte ich mir ein Lächeln nicht verkneifen, und ich fragte sie, ob sie mir beim Laubrechen etwa helfen wollten, bis sie mir die Sache mit dem Geist erklären würden. Sie schienen zur Gartenarbeit aber nicht sonderlich gewillt zu sein und schauten mich fragend an. Grischa stieg dann auf meine Frage ein und erklärte: „Wir sprechen in unseren Seminaren gelegentlich über den Geist. Er ist schwer zu fassen, und dennoch streben viele Leute eine geistige Existenz an. Wir erklären ihnen dann, dass es Weckrufe gibt, und dass manche Techniken der Verinnerlichung helfen, eine Ahnung davon zu bekommen." Das schien mir nun tatsächlich etwas technisch zu sein, und so sagte ich einfach: „So etwas wie den Geist gibt es nicht." Das war nun recht irritierend für die drei, und sie dachten vielleicht, dass sie am falschen Ort wären, und dass sich hier auch keine gute Zusammenarbeit ergeben könnte. Dennoch blieben sie, und während ich mich erneut dem Laub zuwandte, sagte Grischa: „Jeder von uns hat schon die Erfahrung gemacht, dass sich Begriffe auflösen. Ich beispielsweise saß einmal in einem Lokal, als plötzlich alles licht und hell wurde." Und Julian fügte an: „Auch wir anderen hatten schon solche Momente, und wir möchten das Gefühl für das Grundsätzliche, das hier sichtbar wird, gerne weitergeben − ob man es nun Geist nennt oder nicht. Manchmal gelingt das in unseren Kursen, und die Leute sind dann sehr bewegt. Was in solchen Momenten sichtbar wird, bezeichnen manche als ‚geistig'. Man könnte es auch das unfassbare ‚Eine' nennen." Offenbar hatten die drei eine Ahnung von dem, was schwer zu beschreiben ist, und nun machten sie ein ‚Ding' daraus, das sie andere lehren wollten. „Was ihr das ‚Eine' nennt, kann man nicht vermitteln", sagte ich dazu, „warum macht ihr eine Sache daraus?" − „Wir bemühen uns sehr, unser Bestes zu geben", antwortete Laura, „ist das nicht gut?" Ich nahm den Rechen wieder zur Hand und sagte, dass sie sich doch auf der Veranda niederlassen sollten. Es sei ein guter Ort mit schönem Ausblick auf die Bäume, und ich würde dann etwas später kommen, um mit ihnen weiter darüber zu reden, wenn sie möchten.

So gingen sie zur Veranda, welche über eine kleine Treppe auch von außen erreichbar war, und sie setzten sich an den Tisch. Ob sie dort schwiegen oder miteinander sprachen, konnte ich nicht hören, aber ich dachte, dass ihnen eine Pause gut bekäme. Nachdem ich das Laub ganz zusammengenommen und den letzten Korb auf den kleinen Laubhügel gekippt hatte, ging ich zum Haus und bot den dreien von meiner Holunderlimonade an. Noch bei Jeduschin hatte ich im Frühsommer die Blüten wild wachsender Pflanzen gesammelt und daraus den feinen Saft gemacht. Meine drei unverhofften Gäste nahmen die Erfrischung gerne an, und ich setzte mich zu ihnen an den Tisch.

„Das ‚Eine' – oder der Geist – wovon ihr gesprochen habt, ist nicht erfahrbar. Es ist kein Ding und nicht etwas, das vermittelt werden kann. Es ist einfach das, was ist, und das ist alles. Wie wollt ihr daraus ein Seminar machen?" fragte ich sie nach meinem ersten Schluck Holundersaft. – „Du meinst, dieses ‚Eine' existiert nicht?" fragte Julian. Und ohne eine Antwort abzuwarten widersprach Laura: „Wir machen wunderbare Veranstaltungen mit Mondspaziergängen und anschließendem Zusammensein bei Kerzenlicht, und da wirkt das ‚Eine' sehr intensiv." – „Wie wirkt es denn?" fragte ich. – „Manche fühlen sich aufgehoben, und mehrere haben schon von Erlösung gesprochen." – „Und worin sind sie aufgehoben, und von was sind sie erlöst?" fragte ich weiter. – „Das ist schwer zu beschreiben", meinte Laura. „Es kann ein Gefühl von Heimat oder von Vertrauen sein, worin sie sich aufgehoben fühlen. Und erlöst werden sie von Ängsten und Sorgen. Alles wird friedlich." – „Das klingt wunderbar", sagte ich dazu. „Allerdings hat es nichts mit dem ‚Einen' zu tun, wofür ihr einstehen wollt. Da sind zwei: jemand und die Welt, in der sie oder er etwas erlebt und sich darin beheimatet oder vertrauensvoll fühlt, oder auch erlöst und friedlich. Allerdings verschwinden diese Erfahrungen und Gefühle im Allgemeinen wieder. Das Eine ist gegen nichts abzugrenzen. Erfahrungen sind punktuell, doch bei der Einheit geht es einfach um das, was immer ist. Was ist, ist das Eine als Laubrechen, auf der Veranda sitzen, Holundersaft trinken. Das ist alles und nichts Besonderes. Und man kann es nicht lehren, weil es schon ist." Grischa war über diese Gedanken offensichtlich nicht erfreut. „Du meinst, was wir in unseren Seminaren machen, sei eine Art spiritueller Zirkus?" fragte er irritiert. – „Keine Ahnung, wie man es nennen soll", antwortete ich darauf, „es sind einfach Seminare, die innerhalb dessen stattfinden, was das Eine ist, wie ihr es nennt. Dieser Begriff des ‚Einen' ist allerdings zu viel, denn man könnte meinen, dass es sich dabei um ‚etwas' handelt. Das ist natürlich nicht der Fall." – „Das ‚Eine' ist also nichts?", fragte Grischa nach. – „Es ist weder etwas noch nichts", antwortete ich, „es ist einfach ‚Nicht-etwas', also unbeschreiblich und eben deshalb nicht erfahrbar. Es ist einfach das, was ist."

Da wandte sich Grischa an Julian: „Es scheint gerade, als würden wir in unseren Seminaren etwas lehren, was es nicht gibt. Oder wie Micha sagt: etwas, was gegen nichts abgegrenzt ist und deshalb nicht beschrieben und erfahren werden kann." – „Aber es ist doch wunderbar, was wir machen", wandte Laura ein,

„es hilft den Menschen." – Und Grischa antwortete: „Micha meint wohl, dass es durchaus in Ordnung ist, was wir machen, nur können wir es nicht das ‚Eine' nennen, weil es Lehrende und Schüler gibt, und das sind eben zwei, oder weil es Menschen und Erfahrungen gibt, und das sind auch schon zwei. Stimmt das?" wandte er sich zum Schluss an mich. – „So etwa könnte man sagen", war meine kurze Antwort. Es war schön zu sehen, wie die drei nun untereinander ins Gespräch kamen und ihre eigene Arbeit reflektierten.

Grischa fuhr zu den anderen gewandt fort: „Es scheint einen Unterschied zu geben zwischen dem, was Menschen bewegt, und dem was einfach ist. Menschen machen bei uns gute Erfahrungen, aber es ist nicht das, was einfach ist, was alles ist und das ‚Eine' genannt werden kann. Wir versuchen die Menschen zu bewegen und reden aber vom ‚Einen', das alles ist. Vielleicht müssten wir da mehr Klarheit schaffen." Julian fühlte sich bei diesen Gedanken sichtlich unwohl, denn er schien auf seine Arbeit und seine Grundeinstellung dazu fixiert zu sein. „Aber wir wollen ja Gutes tun", sagte er daraufhin, „sollen wir das nicht machen?" Es blieb einen Moment still, und dann antwortete Grischa versöhnlich: „Ist schon gut, es ist ja nichts dagegen einzuwenden. Die Frage ist nur, wo wir selber stehen, was also unser Verständnis ist, das sich wiederum in unseren Kursen ausdrückt." – „Ich bin dafür, dass wir wie bisher weiterfahren", meinte Laura dazu, „es hilft den Menschen". Grischa wurde nachdenklich. „Können wir den Menschen helfen, Menschen zu sein? Nicht ‚menschlich' und was immer man darunter verstehen kann, sondern einfach

Mensch zu sein, das was wir ohnehin sind? Das geht doch nicht, und es ist auch nicht nötig."

Offensichtlich waren sich die drei nicht mehr ganz einig darüber, um was es in ihren Seminaren überhaupt ging, und es bestand Gefahr, dass sie sich in ihren Überlegungen verhedderten. „Wozu die vielen Worte", versuchte ich die Situation etwas zu lösen. „Ihr wollt mit dem Verstand etwas begreifen und vermitteln, was nicht begriffen und vermittelt werden kann. In dem zu sein, was ‚alles' ist, ist keine Kunst. Man muss nur weglassen, was man darüber denkt. Alle eigenen Vorstellungen, Meinungen, Ziele, Absichten für andere und so weiter. Dann wird es leer. Jeduschin, von dem ihr gekommen seid, sagte jeweils, dass es dann nichts mehr zu verstehen und zu tun gäbe. Er hält deshalb auch keine Seminare ab, und es könnte auch sein, dass ihr bei ihm keine Plattform für Kurse findet. Hin und wieder kommen aber Leute zu ihm, die es wirklich wissen wollen, und ihnen geht er durchaus an die Hand. Das geschieht aber völlig absichtslos – er will niemandem etwas vermitteln. Er gibt einfach Antwort auf Fragen, die gestellt werden. Manchmal aber nicht einmal das, und dann ist man einfach sich selber ausgesetzt. Da fallen die klugen Lehrmeinungen schnell einmal in sich zusammen." – „So etwas wollten wir doch in unseren Seminaren mit ihm verwirklichen", meinte Julian dazu „und das sollte nicht möglich sein?" – „Ihr müsst ihn fragen, aber ich glaube eher nicht", antwortete ich. „Wenn die Lehrmeinungen zusammengefallen sind, gibt es nichts zu vermitteln. Du bist dann nur noch da, so wie wir jetzt einfach da sind." – „Aber wir können doch nicht

Kurse geben und einfach nur da sein", wandte Julian ein. Diesmal antwortete Grischa: „Wir nicht, aber Jeduschin kann das, und vielleicht auch Micha – du siehst ja, sie sind einfach da. Ohne Programm. Ohne Kurs." Und als niemand antwortete, fügte er an: „Es ist ein großer Widerspruch, etwas lehren zu wollen, was nicht gelehrt werden kann. Langsam verstehe ich."

Nun schwiegen wir lange, und ich schenkte nochmals vom Holundersaft ein. Der Wind wehte wieder leise durch die Bäume, und neue Blätter fielen herunter. Eben hatte ich doch erst alles schön aufgeräumt, aber das war der Lauf der Dinge. „Mit unseren Ideen ist es wie mit den Blättern. Sie fallen einfach herunter", sagte ich dazu. Und wieder war es still, und meine drei Gäste schwiegen lange. Vielleicht waren sie hier schon etwas heimisch geworden, ohne dass ein Kurs ausgeschrieben worden war, denn Grischa fragte. „Dürfen wir einmal wieder kommen?" – „Gerne", antwortete ich, „ihr werdet spüren, wenn es Zeit dazu ist. Hier gibt es allezeit Holundersaft. Und sonst nichts." Wieder waren wir eine Zeitlang still, und dann erhoben sich die drei, und wir verabschiedeten uns, als ob wir uns schon lange kennen würden.

Es verwunderte mich, dass schon einige Tage später wieder Besuch kam. Ich hatte mich auf eine längere Zeit des inneren Rückzuges eingestellt, aber dennoch war ich offen für andere Menschen – auch wenn ich den Kontakt nicht von mir aus suchte. Es war ein Mann mit feinen Gesichtszügen, so um die fünfzig Jahre, der leise zum Haus getreten war und etwas scheu an die Türe klopfte. In den Herbsttagen war es schon eher kühl draußen, und ich hatte mich gerade niedergesetzt, um einige Briefe zu schreiben. Weil das Postbüro recht entfernt im nächsten Dorf lag, dauerte das Abholen und das Bringen der Briefe seine Zeit, und ganz selten war sogar ein Paket dabei. Meine Antworten erfolgten dabei ebenso gemächlich. Ich setzte mich nur ans Pult, wenn mir wirklich darum war, und es gab auch kaum je eine Dringlichkeit, die meinen Rhythmus unterbrochen hätte. Als ich das Klopfen hörte, stand ich auf und ging zur Tür, in nichts unterbrochen, denn das Schreiben der Briefe und das Empfangen von Besuchern folgten demselben Fluss. Und manchmal dachte ich während des Schreibens auch, dass es nicht wirklich etwas mitzuteilen gäbe, außer vielleicht dem, dass manche Aufregung den Aufwand nicht wert wäre, den einige damit trieben. Das war aus der Stille des Waldes heraus natürlich leichter zu sagen, als wenn man mitten im Reigen der Emotionen steht.

„Mauro hat mich hierher geschickt", sagte der Mann mit dem freundlichen Gesicht, der mir zugleich etwas irritiert zu sein schien, und nach einer kurzen Pause fügte er an: „Ich heiße Silas." Ich bat den unerwarteten Besucher herein, und dass er von Mauro kam, öffnete ihm nicht nur meine Türe leicht, sondern weckte auch mein Interesse. Wir setzten uns in die Stube, und ich bereitete ihm einen Tee und legte etwas Gebäck dazu. Die Kerze auf dem kleinen Tisch brannte schon und unterstützte die gesammelte Atmosphäre, welche ich an diesem Raum sehr schätzte. Silas ließ sich auf dem Sofa nieder, dessen Kissen einen warm aufnahmen, ohne dass man darin versank. Gerne setzte ich mich auf einem Sessel dazu und schaute ihn erwartungsvoll an. In der Stille des kleinen Steinhauses begann ich die Gespräche selten von mir aus, wie ich es früher oft getan hatte. Damals hatten mich auch Fragen umgetrieben, die inzwischen zur Ruhe gekommen waren, und so war ich einfach offen für das, was mir Silas berichten würde.

„Mauro sagte, dass du Erlebnisse gehabt hättest wie ich, und dass du mir vielleicht weiterhelfen könntest", nahm er dann das Gespräch auf. Ich erinnerte mich an manches, was mir bei Mauro widerfahren war, und besonders an die Leere, die mich bei ihm einmal erfasst hatte. In jenem Moment hatte ich meine Orientierung weitgehend verloren, und Jeduschin war mir damals zur Seite gestanden. Offenbar war es weniger Mauros Art, die Menschen nach ihren Erfahrungen zu begleiten, aber viele Dinge konnten sich bei ihm zutragen, und das war wohl das Wesentliche. – „Ich weiß nicht, ob es da Hilfe gibt", antwortete ich, „denn nicht immer ist da einer, dem geholfen werden muss, und manchmal auch kein anderer." – „Vielleicht ist es so", meinte Silas dazu, „aber es gibt bei mir doch eine recht große Verwirrung. Bei Mauro verlor ich mich in eine Weite des Daseins, die ich bisher nicht kannte. Dabei war auch Mauro plötzlich verschwunden, und ich weiß nicht, ob er physisch weggegangen war oder ob ich ihn in der Weite des Daseins einfach nicht mehr sehen konnte. Es war einfach niemand mehr da." – „Das kenne ich", sagte ich dazu. Wir schwiegen eine Weile, und es war, als ob auch wir beide nicht mehr da wären, als ob die Stube leer wäre. Schließlich fuhr Silas fort: „Erst später habe ich Mauro dann wieder gesehen, und er schickte mich daraufhin zu dir. Er wies mir einfach den Weg und sagte, dass ich das kleine Steinhaus schon finden würde, wenn ich nur aufmerksam wäre. Das stand allerdings im Gegensatz zu meiner verwirrten Verfassung, und so irrte ich etwas herum, bis ich schließlich doch hierher fand."

„Ja, Mauro ist ein besonderer Mensch", bestätigte ich seine Eindrücke, „und wie bist zu überhaupt zu ihm gekommen?" – „Ich habe mich auf einer Wanderung durch die Hügel hier verirrt und stand plötzlich in der Mulde vor seinem Holzhaus. Und da war dieser etwas wild aussehende Mann, der mich freundlich begrüßte. Was dann geschah, kann ich nicht wirklich beschreiben. Alles wurde weit, und wie gesagt – Mauro war nicht mehr da. Wenn dieser Zustand jetzt auch etwas abgeklungen ist, so ist doch alles nicht mehr wie vorher, und ich weiß nicht, was tun." – „Warum willst du das wissen?" fragte ich dazu, und auf seinen erstaunten Blick hin fügte ich an: „Es kann nicht gewusst werden". – „Genau so fühlt es sich an", antwortete Silas, „ich weiß überhaupt nichts mehr. Nicht wer ich bin, nicht was ich tun soll, nicht ob es überhaupt etwas zu tun gibt." Wir schauten beide in die Kerze, die leicht flackerte, als ob sie eine Antwort geben wollte. Aber das war natürlich nicht der Fall – sie flackerte einfach. Dies war ihr Leben, bis das Wachs aufgebraucht sein würde. – „Ich bin Lehrer", führte Silas dann weiter aus, „ich kenne den Schulstoff, der zu vermitteln ist, und nach den vielen Jahren Schulerfahrung fühlte ich mich in meinen Aufgaben einigermaßen sicher. Aber das ist nun alles weg. Ich weiß nicht mehr, was ich eigentlich unterrichten sollte, denn nichts anderes ist mir gegenwärtig als die große Weite, und mir ist nicht klar, ob ich je wieder in meine alte Verfassung zurückfinden werde. Müsste ich jetzt vor meiner Schulklasse stehen, wüsste ich nicht, was ich sagen sollte. Der ganze Schulstoff scheint mir nicht mehr wesentlich, auch wenn ich verstehe, dass die Kinder lesen und schreiben lernen müssen. Eher komme ich mir vor wie ein Mensch eines Naturvolkes, der einfach mit anderen in seiner Dorfgemeinschaft lebt und tut, was gerade zu tun ist. Die Kinder würden lernen, indem sie mit dabei sind, und keiner wäre ein ‚Lehrer', wie wir sie bei uns kennen. Gerade jetzt kommen mir die Schullehrer eigenartig vor, als stünden sie in einer künstlichen Welt, die wir geschaffen haben."

Andere Menschen hätten Silas wohl als recht verwirrt bezeichnet, wenn er so sprach, aber ich verstand durchaus, wovon er berichtete. Er war in einem wichtigen und zugleich sehr schwierigen Zustand, der nicht in die ‚normale' Welt der Aktivitäten passte. Sein Bericht wirkte, als hätte er eine innere Zeitreise gemacht – eine Reise in jene Kulturen, wo es all die modernen Erzeugnisse noch nicht gab. Zugleich befand er sich aber in der gegenwärtigen Welt, in der man sich zurechtfinden muss. Damit war er in einem Dilemma, denn weder war er wirklich in einer solch alten Kultur, noch vermochte er seine Lehrtätigkeit wie bis anhin auszufüllen, sofern er denn in diesem inneren Zustand verbliebe. Auch wusste ich, dass es für manche Menschen kein Zurück gab, wenn sie einmal in die große Weite eingetreten waren, die Silas mit dem Naturvolk assoziierte, und dass das Dilemma damit nicht leicht zu bewältigen war. „Es ist schwierig", sagte ich daraufhin, „du lebst in zwei Welten gleichzeitig. Mauro hat es da einfacher – er hat sich für die eine Welt entschieden, für die Welt der Weite, die alle spüren, die mit ihm in Kontakt kommen. Aber dieser Weg ist nicht für alle der richtige. Und man kann im Grund auch nicht sagen, dass sich Mauro dafür entschieden hätte – sein Leben hat sich einfach so gestaltet. Du wirst wohl nicht erfahren haben, dass er einmal ein angesehener Wissenschaftler war. Und ist er nun ein komischer Kauz, oder ein weiser Mann, der alles hinter sich gelassen hat?" – „Niemand kann das wirklich wissen", meinte Silas daraufhin. Das war eine tiefe Einsicht, und ich sagte nichts dazu.

Beide schauten wir wieder in die Kerze, und dann in den Raum, der im Verlauf des Nachmittags schon dunkler geworden war. Die Stube schien sich zu weiten, und der Moment war ganz erfüllt. Es ließ sich zwar nicht sagen, wovon, aber die Stimmung war dicht. „Eigenartig, dieses Unnennbare, das da ist", sagte ich dann, „man kann es nicht beschreiben". – „Stets habe ich mich danach gesehnt", berichtete Silas, „und nun, wo es da ist, bin ich verwirrt. Denkst du, dass es auch in der Schulstube ist, und dass man so trotzdem unterrichten kann?" – „Ich weiß nicht", antwortete ich, „natürlich ist es in der Schulstube. Aber kaum jemand sieht es. Höchstens vielleicht jene, welche dem Unterricht nicht aus Langeweile oder zufolge von Ablenkungen nicht folgen, sondern weil sich ihr Blick über die Schulstube hinaus weitet. Manchmal sind es jene, die selbstvergessen aus dem Fenster schauen." – „Aber kann ich noch Unterricht geben, wenn die große Weite das Schulzimmer erfüllt und ich doch Lehrstoff vermitteln sollte?" – „Es erscheint wie als zwei verschiedene Welten, aber es sind nicht zwei", meinte ich daraufhin. Und wieder wurde es still, und wir beide spürten die Dichte des Daseins. Es war alles in Ordnung, und es schien, als ob die Schulstubenfrage jetzt nicht geklärt werden müsste. „Vielleicht lässt sich das Dilemma nur im Schulzimmer selbst lösen", sagte ich in die Stille hinein. Silas trank seine Teetasse aus, und nach einer längeren Pause sagte er, dass er nun zurück müsse. Und dass er sehen werde, wie es sich mit allem verhalten würde. Nachdem wir nochmals etwas geschwiegen hatten, verabschiedeten wir uns, und ich sagte zu Silas, dass er willkommen sei, wenn er wieder kommen möge.

Nachdenklich blieb ich im Haus zurück, als er gegangen war, und ich wusste nicht einmal wohin. Vielleicht ins nächstgelegene Dorf, oder gar in die kleine Stadt, die doch recht weit entfernt war? Ich hätte ihm meine letzthin verfassten Briefe mitgeben können, aber ich hatte nicht daran gedacht, und so mussten die Empfänger noch etwas warten. Zeit gab es ja genug in dieser Welt – jedenfalls für jene Menschen, die nicht eilig durchs Leben hasteten. Und es gab ja auch jene darunter, die in ihrer früheren Schulzeit aus dem Fenster geschaut hatten, und die nun in einer hektischen Welt für den notwendigen Ausgleich sorgten. Noch längere Zeit blieb ich vor der Kerze sitzen, und ich dachte an den guten Silas, der noch in der gewohnten äußeren Welt lebte und so plötzlich von der großen Weite und Stille betroffen worden war. Und nun kämpfte er mit dem, was sich bei ihm aufgetan hatte. Er war ja noch immer der alte Mensch, der Dinge tut, um etwas zu bewirken oder zu erreichen. Und dieser Mensch geriet nun in Widerspruch mit jenem anderen Sein, das sich ihm eröffnet hatte. Er spürte, dass es nichts mehr zu sagen gab, und dennoch würde er in die Schule zurückkehren, und das schien im Moment auch richtig so, denn er hatte zu bewältigen, was ihm geschehen war. Das alte Bewusstsein gibt seine dominierende Stellung nicht so leicht auf. Fällt man schließlich ins Niemandsland, so bleibt Verwirrung, weil die neue Formlosigkeit noch nicht gewohnt ist und sich noch nicht als tiefes Sein etabliert hat. Es ist, als würde die schützende Schale wegfallen, welche die Menschen um sich tragen, ohne dass der weiche Kern schon neue Kontur gewonnen hätte. Ja es konnte auch sein, als würde sich die Oberfläche der Welt auflösen, ohne dass sich gleich etwas Neues zeigte. Auch in Silas war ein großes Schweigen eingekehrt, und er rang noch damit.

Schließlich ging ich zu meinem Schreibtisch, der vielleicht gar nicht so verschieden von Silas Lehrerpult war, denn auch hier gab es die zwei Welten – diejenige des Schweigens und jene der Worte. Und doch waren es letztlich nicht zwei Welten – vielmehr war es dieses eine Sein, das sich in dieser Welt in so vielfältiger Weise zeigt. Das mochte auch für Mauro gelten – einmal als Wissenschaftler, und einmal als der ‚Waldmensch', der er nun war. Gab es da wirklich einen Unterschied?

Als Silas eine gute Woche später wieder vor meiner Tür stand, war ich nicht erstaunt. Ich hatte ihn zwar nicht erwartet – so wie ich mittlerweile nichts mehr erwartete und auch nicht daran dachte, was geschehen ‚könnte', denn das war ja nie die Wirklichkeit. Er hatte sich in den Tagen seit seinem letzten Besuch nicht wesentlich verändert, wenngleich er wohl in seiner Schulstube gewesen sein mochte, und mir schien, dass sich sein Dilemma auch nicht wesentlich gelockert hatte. So leicht war das ja nicht zu bewerkstelligen – ja im Grunde war dies gar nicht möglich, denn auch sein Leben gestaltete sich autonom, worüber er sich jetzt einfach bewusst wurde. Er war nun ausgeliefert und konnte nichts dafür tun, damit es ‚besser' würde. Und selbst was denn besser wäre, war nicht mehr zu sagen in der großen Weite, in welcher er sich nun befand. ‚Besser' mochte sich auf die Schule oder die Welt bestimmter Aktivitäten beziehen, aber in jenem reinen Dasein, das sich ihm eröffnet hatte, machte eine solche Bewertung keinen Sinn. Seine Situation war einfach so, wie sie war. Nicht unähnlich davon, wie sie Silas bei seinem ersten Besuch hinsichtlich der Naturvölker geschildert hatte. Eingebettet in die Natur hielten diese ihren Willen doch nicht für ausschlaggebend. Und später wurde dieser mit einem Verlust an unmittelbarer Natürlichkeit bezahlt. Silas mochte bei seinem Besuch bei Mauro etwas davon zurückgewonnen haben, aber nun erlitt er den Schmerz, dass sich die Welt seit diesen Naturzeiten gewandelt hatte. Und gerade in der Schulstube mochte sich dies besonders zeigen, denn dort war der Ort, wo die Kinder ihrer Naturhaftigkeit entfremdet wurden. Und als Lehrer hatte Silas an diesem Geschehen Anteil, was nun aber nicht mehr seiner neuen inneren Verfassung entsprach. Wie gut konnte ich ihn verstehen.

„Komm herein", empfing ich ihn herzlich und fügte dann wahrheitsgetreu und zugleich schmunzelnd hinzu: „Ich habe dich nicht erwartet, aber willkommen bist du jedenfalls." Das mochte Silas fühlen, denn er trat locker ein und benahm sich schon fast wie ein Freund. „Du warst sicher wieder bei deiner Arbeit in der Schule", fuhr ich fort, als wir uns niedersetzten, und ich zündete die Kerze an, vor der wir letztmals gesessen hatten. Sie wurde schon fast zu einem Sinnbild von Silas Dilemma, das vielleicht ebenso niederbrannte. „Und wie war es in Deiner Schulstube", fuhr ich fragend fort. Silas schwieg eine Weile und antwortete dann: „Ja, hm, ach was soll ich sagen? Ich habe die Schüler einfach weiter unterrichtet, und es war schwierig und leicht zugleich. An den Schulstoff bin ich ja gewohnt, doch ich fühlte nun, dass es noch etwas anderes zu vermitteln gab, das eher mit dem Blick aus dem Fenster zu tun hat, von dem wir letztes Mal gesprochen haben."

„Hast du denn selber zum Fenster rausgeschaut?", fragte ich nach. „Ja schon, und ich weiß nicht, was ich tun soll", bekannte sich Silas daraufhin.

„Ich habe wirklich keine Ahnung. Und das ist nicht nur in der Schulstube so, sondern ich habe grundsätzlich das Gefühl, überhaupt nichts mehr zu wissen. Nicht zu wissen, was zu tun ist, nicht zu wissen, wie ich mich verhalten soll, ja selbst keine Ahnung zu haben, was es mit dem Leben auf sich hat. Während ich früher wusste, wo ich stand, ist mir jetzt jeder Orientierungspunkt verloren gegangen." Lebhaft fühlte ich mit Silas, denn das Gefühl war mir aus eigener Erfahrung sehr vertraut. Nun aber war er es, der radikal von der Größe des Seins betroffen war, das uns geradezu verschwinden lässt. Während ich über längere Zeit ein Suchender gewesen war und von diesem Geschehen deshalb nicht so überrascht wurde, hatte es Silas weitgehend unvorbereitet getroffen. Er fühlte sich zuvor nicht unerfüllt, und es gab auch nichts, was ihn zu einer inneren Suche hätte veranlassen können. Doch als er vor Mauros Hütte gestanden hatte, widerfuhr ihm alles ganz unerwartet, und dies hatte auch nur bedingt mit Mauro zu tun. Offensichtlich war es für Silas an der Zeit, Neues zu erfahren, und nun war es ihm geschehen. Dafür hatte wohl schon die reine Präsenz von Mauro genügt, so wie ein letzter Kieselstein einen ganzen Hang zum Rutschen bringen kann.

„Wir wissen nach einer solchen Veränderung tatsächlich nicht mehr, was zu tun ist", antwortete ich leise. „Das Leben geht aber weiter, einfach ohne dass wir wüssten, wie und wozu, und es ist auch offen, wohin es uns führt. Bei mir war es so, dass ich unversehens in dieses kleine Steinhaus gekommen bin, und ich weiß nicht, weshalb es so ist. Die Vorstellung, dass es ‚für etwas' wäre, ist mir allerdings abhanden gekommen, und so bin ich jetzt einfach nur hier." – „Du hast dich zurückgezogen?" fragte Silas mich daraufhin. – „Nicht wirklich. Es war kein Entscheid da, dies zu tun. Vielmehr war ich plötzlich hier zuhause, und so bin ich halt geblieben. Bis jetzt Natürlich weiß ich nicht, wie es weitergeht – so wie du deine Zukunft auch nicht kennst. Niemand kennt sie, nur meinen die meisten Menschen, dass das Leben stets wie bisher weitergehen sollte. Und ist es einmal nicht mehr so, dann sind sie unzufrieden." – „So denke ich immer noch", sagte Silas dazu, „wie gerne hätte ich mein altes Leben und meine alte Sicherheit zurück, aber ich zweifle mittlerweile daran, ob das möglich ist." – „Ist es nicht", antwortete ich etwas trocken. „Ist die innere Öffnung einmal passiert, kannst du sie nicht mehr rückgängig machen. Es würde dich langweilen, in einem geplanten Leben weiterzugehen, selbst wenn die Vorgaben nur in deiner Fantasie existieren." – „Aber was ist dann", fragte er weiter, und es erinnerte mich an die Fragen, die ich früher Jeduschin gestellt hatte. – „Nichts weiter", gab ich ihm zur Antwort, „du weißt einfach nicht mehr, was geschieht, und das ist alles". Silas schaute traurig drein als er dies hörte, und ich fragte mich, ob ich nun zu hart mit ihm gewesen war, oder nur aufrichtig. Ich erinnerte mich aber daran, wie mir Esmeraldas Klarheit seinerzeit jedes Ausweichen verunmöglicht hatte, und dass gerade dies ihre große Hilfe war. Jeduschins wunderbare Begleiterin war von beeindruckender geistiger Größe, und ich fühlte, dass ich nicht ihr Format hatte. Doch das war eine unnötige Bewertung, die nur dem Umstand folgte, etwas wissen zu wollen. Gerade dies war nun nicht mehr möglich – nicht mir, und nicht Silas.

„Es ist schwer, nicht zu wissen, was geschieht", nahm Silas meine Worte auf, „und ohne Halt soll ich in die Schulstube gehen?" – „Es bleibt dir nichts anderes", meinte ich dazu. „Allerdings hast du nie gewusst, was geschieht, nur dachtest du, dass du es wüsstest. So gesehen hat sich nicht wirklich etwas verändert." – „Ich habe meine Orientierung verloren", beklagte er sich nochmals, „das ist schwer genug". – „Deine vermeintliche Orientierung", fügte ich an, „es gab sie nie wirklich." – „Und kann man sich daran gewöhnen, ohne Orientierung zu leben?" fragte er. – „Ich fürchte, dass es noch schlimmer ist. Niemand ist mehr da, der sich orientieren könnte." – „Ohne Orientierung zu sein heißt, niemand mehr zu sein", fügte Silas an, "meinst du das?" – „So etwa", antwortete ich, und ich erinnerte mich wieder an Jeduschin und seine früheren Reaktionen. Hatte ich diese schon übernommen? Aber irgendwie stimmte die Antwort auch. „Ohne Orientierung in die Schule zu gehen und nicht zu wissen was geschieht, hat dies nicht auch sein Gutes?" fragte ich dazu. „So ist es doch viel weniger langweilig – du musst dann nicht einfach nur Stoff vermitteln. Während die Schülerinnen und Schüler ihre Kenntnisse der Welt erweitern müssen, verkörperst du den anderen Pol: das immerwährende ‚Nichtwissen'." – „Ach, wenn es so einfach wäre" antwortete Silas, „ich weiß dann ja nicht einmal mehr, was ich ihnen beibringen sollte." – „Doch, doch", beruhigte ich ihn, „Geographie zum Beispiel, Literaturkenntnisse oder Mathematik."

„Hast du Kaffee?" fragte Silas daraufhin etwas entnervt. Er spürte wohl, dass er mit seinen Thesen und Fragen nicht mehr weiterkam. – „Starken oder schwachen", wollte ich daraufhin genauer wissen. „Einen doppelten Espresso", meinte er daraufhin, „oder eher einen ‚Expresso'. Bei dir werden einem ja die letzten Hoffnungen ausgetrieben". – „Es ist keine Absicht von mir", meinte ich daraufhin beschwichtigend, „aber manchmal lösen sich die Gedanken einfach so auf. Und damit auch die Sorgen, oder das Bedürfnis nach Orientierung". Silas sagte nichts mehr dazu und folgte mir in die Küche – vielleicht um mit seiner Verwirrung nicht allein zu sein. Und ich verstand ihn so gut. Es ist wirklich verwirrend, nicht mehr zu wissen, was man tut, und es trotzdem zu tun. Ich zeigte Silas, wie man in diesem Haus Kaffee bereiten kann, denn das Handfeste gibt manchmal Halt, wenn man nicht mehr weiterweiß. Während er sich in der Küche mit der Kaffeemühle abmühte, setzte ich mich wieder in die Stube, und es ging mir durch den Kopf, dass ‚Nichtwissen' doch nicht gelehrt werden kann, denn alles, was vermittelbar ist, stellt ein ‚Wissen' dar. Und so konnte ich dem guten Silas auch nicht wirklich helfen, denn jede vermeintliche Hilfe wäre eine Ablenkung von dem, was er jetzt erfuhr. Er war dem ‚Nichtwissen' ausgesetzt, und das einzige, was ich tun konnte, war dabei zu sein. Und etwas Verständnis dafür zu haben, wie ihm gerade geschah.

Nach einiger Zeit kam er mit dem Kaffee zurück, und er schien mir etwas besserer Stimmung zu sein als während unseres Gespräches. Die Realität des Kaffees hatte doch etwas für sich, selbst wenn ich mir mittlerweile auch nicht mehr klar darüber war, wie real der Kaffee und alles andere denn überhaupt waren. Ohne ‚mich' erschien die Welt ja nicht mehr wie früher, und das Nichtwissen fühlte ich nicht nur in mir, sondern auch in der Welt. Jedenfalls kam mir das so vor, aber die Welt wusste wohl nicht einmal um ihr ‚Nichtwissen' – sie war einfach sich selbst. Und können wir nicht auch so sein, dachte ich dann in Hinblick auf Silas. Ich sagte aber nichts weiter, denn es war genug gesprochen für heute. Silas hatte keine wirkliche Antwort gefunden, und ich wusste, dass es auch keine gab. Und das würde er schnell genug erfahren, ohne dass ihm dies jemand zu sagen bräuchte. Der Kaffee war jetzt die bessere Sache, und wir genossen ihn schweigend. „Die Sache mit dem Nichtwissen ist irgendwie ausweglos", meinte Silas abschließend, und es brauchte auch dazu keine Antwort. So saßen wir noch etwas zusammen, bis Silas weiterziehen wollte. Wir verabschiedeten uns herzlich, und ich wusste auch diesmal nicht, wohin er ging, wo er wohnte, und wo sich seine Schule befand.

Im Laufe der Zeit im kleinen Steinhaus nahm ich die Stille des Daseins immer weiter, tiefer, grösser und unfassbarer wahr. Es wuchs ein Zustand, der sich jeder Beschreibbarkeit entzog. Es war, als wäre da ein Nebel, der alles Äußere einhüllt, und als gäbe es zugleich die Sicht in ein unbegrenztes Land ohne Form. Es erschien hell und dunkel zugleich, oder auch als keines von beiden. Die Welt der Erscheinungen war zwar da, aber sie war nicht wesentlich. Es fühlte sich an, als wäre da niemand – nur ein Aufgehen in einer namenlosen Unergründlichkeit. Auch die Menschen waren gleichsam vom großen Nebel umfasst und erschienen im großen Ganzen – jeder das Ganze selbst. Auch sie die Unergründlichkeit, obgleich viele sich anders wahrnehmen. Zunehmend verstand ich nun besser, dass Menschen wie Jeduschin und Mauro oft schwiegen, denn dies entsprach der Stille, die alles umfasst. Es war nicht, weil sie nichts zu sagen gehabt hätten, sondern weil das Entscheidende unsagbar ist. Oft gaben sie zwar Antworten, wenn sie etwas gefragt wurden, aber von sich aus erzählten sie wenig. In ihrer inneren Stille fand sich kein Impuls, etwas mitzuteilen, aber aus einem großen Schweigen konnten ihre Antworten aufsteigen.

Wie ich in meiner Stube nun oft in dieser Stille verharrte, schien mir, dass meine Gedanken am Rand eines reinen Seins auftauchten, und als verschwänden sie wieder, ohne Spuren zu hinterlassen. Die Betriebsamkeit, die für andere das Leben bedeutet, war mir nicht mehr wesentlich. Etwas war weggefallen, was auch mich früher ausgemacht hatte. Im großen Schweigen war mir, als wäre die Welt mit allen Menschen, Tieren, Pflanzen und Steinen gänzlich unfassbar. Die Bäume, welche die Waldlichtung umrahmten, erschienen als ein ewiges Sein in einer unerklärlichen Stille. Sie existierten in einer gewissen Weise, und zugleich waren sie nicht mehr so ‚wirklich' wie früher. Da bestand kein Unterschied mehr zwischen der Welt und der ewigen Stille.

In diesen Tagen, wo sich nichts Besonderes ereignete, unternahm ich gelegentlich kürzere oder längere Wanderungen. Sie führten mich in die Landschaft hinaus – manchmal in die umliegenden Hügel, manchmal durch den Wald oder in eine von Büschen bestandene Gegend, gelegentlich auf Wegen und oft auch auf kaum sichtbaren Pfaden. Nie suchte ich etwas sondern war einfach unterwegs ‚im Niemandsland', ohne Ziel, ohne eine Vorstellung, was geschehen könnte. Und so wurden die kleinen Ereignisse zu großen. Etwa wenn ein dunkler Vogel in einer Baumkrone saß, majestätisch, als würde er über den Baum gebieten, und er seine Stellung doch mit Leichtigkeit wieder aufgab, als er davonflog. Dies erinnerte mich an uns Menschen, die wir doch so gerne auf unseren Ästen festsitzen, selbst wenn sie dürr sind und brechen können. Und manch einer ist auch schon mit seinem Ast heruntergefallen. Das geschah den Vögeln nie, und mir schien, dass man von ihnen lernen könnte. Manchmal kam ich auf den Spaziergängen an Menschen vorbei – die einen grüßend, die anderen schweigend ihres Weges gehend. Sie mochten zurückhaltend sein, scheu, versunken oder auch einfach unaufmerksam jenen gegenüber, die ihnen begegneten. Da gab es verschiedene Verhaltensweisen, doch nur selten traf ich auf Menschen, die mit offenen Augen ganz präsent wirkten – nicht nur im Äußeren, sondern auch innerlich. Bei solchen Begegnungen spürten wir einander ohne viele Worte, und beide wussten wir um den Ort, der uns gemeinsam war.

Eine kleinere Wanderung führte mich wieder einmal zum Dorf, das mir aus der Zeit meiner Aufenthalte bei Jeduschin vertraut war. Auf dem Dorfplatz hatte ich schon viele Formen des Lebens vorbeiziehen sehen, und gelegentlich besorgte ich in dem Ort auch einige Lebensmittel, die mir gerade fehlten. Wie schon andere Male trat ich in die mir bekannte Bäckerei, die zugleich Gaststube war, und weil schon der kühle Herbstwind über den Dorfplatz wehte, setzte ich mich drinnen für eine Tasse Kaffee an einem der Tische nieder. Die Wärme der Backstube tat gut, nachdem ich doch etwas gefroren hatte. Nach einer Weile kamen recht viele Leute ins Lokal, und einige setzten sich an meinen Tisch. Sie schienen sich untereinander zu kennen. Vielleicht waren sie zusammen unterwegs und wie ich am Dorf vorbeigekommen, oder sie lebten hier, wo wohl jeder jeden kannte. Nach unserer Begrüßung sagte ich nichts weiter, denn ich gehörte ja nicht in ihre Runde und wollte diese auch nicht stören. Dies entsprach durchaus der inneren Stille, die mir im kleinen Steinhaus schon zur Gewohnheit geworden war.

Mein Schweigen war aber nicht abweisend, und so mochte es auf meinen Sitznachbarn als Einladung zum Reden und Zuhören gelten. Er rückte näher zu mir und erzählte mir von seinem Schmerz, denn seine Schwester Alice war eben verstorben. Wie er mir weiter berichtete, war sie freiwillig aus dem Leben geschieden – nicht weil sie krank gewesen war oder große Schmerzen gehabt hätte, sondern weil sie ihre Kräfte schwinden sah und ihr Leben nicht im Zustand einer möglichen langen Pflegebedürftigkeit beenden wollte. Niemandem hatte sie zuvor von ihrer Absicht berichtet, aber alles hatte sie geordnet, sodass nach ihren Hinschied nichts aufzuräumen war. Nur die geliebten Pflanzen hatte sie in ihrer Wohnung belassen, auf dass sich später jemand anders darum kümmern würde. So war sie einfach leise verschwunden, und kaum etwas war von ihr übrig geblieben. Ihren Verwandten und den befreundeten Menschen hatte sie aber noch individuelle Abschiedsbriefe geschrieben. Darin drückte sie auch den Wunsch aus, dass niemand traurig sein möchte, wenn sie nun am ‚goldenen Ufer' angekommen sei, wie sie es nannte. „So gehen die Menschen dahin, wie sie gekommen sind", sagte ihr Bruder dazu, „und nur jene im Umfeld machen ein Aufheben darum". Das wollte er nun nicht tun, aber der plötzliche Tod beschäftigte ihn doch sehr. So berichtete er auch, dass er ein Licht gesehen hätte, als sie in ihrer Dorfkirche von Alice Abschied nahmen, und vielleicht sei sie nun gut aufgehoben. Ich sagte nicht viel dazu, nur meine Anteilnahme zeigte ich. Was hätte ich ihrem Weggang auch anfügen sollen? Es war ihre Wahl, und diese galt es zu respektieren. „Der Tod ist ein Mysterium", meinte Alices Bruder schließlich, und wir schwiegen eine Weile. – „Auch das Leben ist ein Mysterium", ergänzte ich, „und eigentlich gibt es nichts anderes als dieses Mysterium. Wir werden es nie verstehen, doch fühlen können wir es." – „Du meinst das Licht, das ich bei der Beerdigung gesehen habe?", fragte er dann, und es war richtig, dass wir nun per ‚du' miteinander sprachen. – „Nicht nur das Licht, es ist auch der Tabernakel, und selbst die Bänke in der Kirche", meinte ich dazu, „und die Bäume draußen." – „Nicht nur der Himmel, auch die Erde?" fragte Alices Bruder nach. – „Nicht nur der Himmel, auch die Erde", wiederholte ich bestätigend. – „Und ist meine Schwester jetzt hinübergegangen?" fragte er dann. – „So mag es von unserer Warte her aussehen", meinte ich dazu, „aber vielleicht ist es nicht so." – „Wie denn?" wollte er wissen. – „Einfach: Leben und Tod sind eine einzige Sache – nicht zwei Seiten von etwas. Nichts hat sich wirklich verändert mit diesem Hinschied. Das ist das große Mysterium". Wir schwiegen beide, und am Tisch war es inzwischen ebenfalls ruhig geworden. Auch die anderen in der Runde waren still, vielleicht weil sie nachdenklich waren, denn jede und jeder mochte den Tod schon in den eigenen Reihen gespürt haben.

Offenbar hatten nicht alle von Alices Hinschied erfahren, und einige drückten ihrem Bruder nun noch ihr Mitgefühl aus. Manche taten es in konventioneller Weise, und andere aus einem tieferen Empfinden heraus – vielleicht weil sie Alice gekannt hatten. Die Leute mochten zusammen Ausflüge gemacht haben, ohne dass die Einzelnen viel voneinander wussten, aber nun war es anders, und sie rückten einander näher. Einige mochten zum Zeitpunkt der Beerdigung auch die Glocken der Dorfkirche gehört haben, ohne zu wissen, dass sie zu Alices Abschied läuteten. So gedachten jene, die erst jetzt davon erfuhren, Alice in der Backstube – und das war nicht der schlechteste Ort dafür. In der Stille, die sich unter uns trotz des Lärms im Raum ausbreitete, fühlte ich zugleich die Stille des Steinhauses und des Waldes, woher ich gekommen war, und es war dieselbe Stille.

Nachdem sich das Gespräch wieder den Tagesaktualitäten zugewandt hatte, verabschiedete ich mich freundlich. Am Tresen entrichtete ich meine Zeche und packte zwei Brote für die nächsten Tage in meinen Beutel. Während ich zum kleinen Steinhaus zurückging, kam mir der große Vogel auf dem Baum wieder in den Sinn, und alle anderen Vögel, deren Flug ich schon manches Mal verfolgt hatte, und ich dachte, dass es mit dem Leben doch auch nicht anders sei. Auch dieses verfliegt eines Tages im Wind, wenn man es nur nicht festhält. Und dann kam ich auf meinem Rückweg an jenem großen Baum vorbei, der sich im Sommer in wunderbarer Pracht gezeigt hatte und nun seiner letzten Blätter ledig geworden war, sodass sich nur noch das Gerippe seiner Äste gegen den Himmel abhob. ‚So schnell vergeht die Pracht', dachte ich mir, ‚und alles kehrt an seinen Ursprung zurück'. Und ich freute mich auf das kleine Steinhaus, das in seiner Verbindung mit dem Wald, dem Himmel und der Erde in seiner ganzen würdevollen Einfachheit so heimatlich auf mich wirkte.

Nun, da ich schon recht lange in Andros kleinem Steinhaus lebte, wollte ich einmal die Menschen einladen, die inzwischen zu Freunden geworden waren. Der Anlass sollte aber auch als kleines Einweihungsfest gelten, wie ich es meinen Helfern bei der Hausreinigung und beim Baumfällen in Aussicht gestellt hatte. Zudem sollten meine Bekannten nach eigenem Gutdünken weitere Gäste mitbringen können, womit sich ein wunderbares Abbild aller Menschen aus der Gegend bilden könnte. Die Region war ja von einem vielfältigen Mix aus ursprünglich Ansässigen und Zugezogenen geprägt, wovon einige von tiefer innerer Erfahrung waren. Obwohl länger hier wohnhaft, gehörte selbst Jeduschin dem Kreis der Zugezogenen an, und von seinem Vorgänger im Anwesen, dem alten Mönch, wusste ich nicht, ob er hier aufgewachsen war. Sicherlich gehörte aber Barbara vom Bauernhof den ursprünglich hier wohnenden Familien an. Ihre geistige Kraft entsprach der Ausstrahlung des Ortes und war vermutlich auch vom Austausch mit den Zugezogenen geprägt. In ihrem Wesen mochte sich beides miteinander verbinden, was wohl dazu beitrug, dass gerade sie von besonderer Bedeutung für die Menschen hier war.

So wollte ich also manche einladen – allen voran Jeduschin, Esmeralda und Mauro, sofern sie gerade hier waren, aber auch Manuel, Klara und Olga aus der kleinen Siedlung unterhalb meines Steinhauses, Silas sowie Colin, den ich einmal schwimmend im Teich des Baches bei Jeduschin getroffen hatte. Aber auch Barbara mit Familie aus dem Bauernhof wollte ich gerne dabei haben, sowie alle, die mir der Herrichtung des Hauses und beim Einzug geholfen hatten, wie etwa Yesche und Jannik. Gerne hätte ich auch Andro dabei gehabt, aber er war wohl zu gebrechlich, um herzukommen. Wie ich alle benachrichtigen könnte, war mir allerdings unklar, denn sie wohnten doch recht weit verstreut in der Gegend, und es wäre zu aufwendig gewesen, sie alle einzeln zu besuchen, um ihnen die Nachricht zu überbringen. So schien mir, dass ich am besten mit Jeduschin darüber sprechen und ihn fragen könnte, ob er es einzelnen seiner Besucher sagen würde, welche die Nachricht dann weitergeben würden.

So ging ich eines Morgens zu Jeduschin, den ich wieder längere Zeit nicht mehr gesehen hatte, um ihm von meinem Vorhaben zu berichten. Als ich auf den Hof zwischen seinem Haus, dem Gästehaus und der weiter hinten liegenden Kapelle trat, wurde mir warm ums Herz – gerade als käme ich nach Hause. Jeduschin hatte mich offenbar kommen sehen und rief laut aus dem Fenster im oberen Stockwerk seiner Klause: „Schön, dich wieder einmal zu sehen." Das war so herzlich, dass ich geradezu ein schlechtes Gewissen bekam, mich so lange nicht mehr gemeldet zu haben, doch gleichzeitg wusste ich auch, dass Jeduschin keine Erwartungen hatte und ich bei ihm ganz frei war. Er kam die Treppe herunter und trat auf den Hof, wo wir uns kurz in die Arme nahmen. „Du bist doch ein guter Mensch", entfuhr es mir spontan, „mein alter Lehrer und vielleicht schon Freund!" – „Gewiss, Mensch und Freund", antwortete er, „und du weißt ja, Lehrer gibt es keine."

Wie früher setzten wir uns an den Steintisch im Hof, obwohl es in diesen späten Herbsttagen doch schon recht kühl war. Die frische Luft tat aber gut, und der Blick über die Landschaft zum Meer hin, den wir so oft zusammen genossen hatten, verstärkte mein heimatliches Gefühl. „Du fehlst mir", sagte ich daraufhin, „auch wenn ich weiß, dass ich meine inneren Herausforderungen nun allein zu bewältigen habe." – „So sieht es aus", antwortete er, „und wie geht es dir dabei?" – „Das ist schwer zu sagen", meinte ich dazu. „Manchmal komme ich mir vor wie die Waldmönche früherer Zeiten. Dabei fühle ich oft eine wohltuende Stille, aber wie du weißt, ist es gelegentlich auch recht einsam." – „Das ist die Herausforderung, von der wir schon einmal gesprochen haben. Sie ist nicht leicht zu bewältigen", war Jeduschins Reaktion. – „Es fühlt sich anders an bei dir als im kleinen Steinhaus", meinte ich dazu, „aber was ist der Unterschied?" Wie oft antwortete Jeduschin nicht gleich, sondern ließ die Frage im Raum stehen, womit sie wieder auf mich zurückfiel. Und da beschlich mich ein Unbehagen. Etwas war nicht verwirklicht – das fühlte ich genau – und im besten Falle ‚noch nicht' verwirklicht. Und zugleich gab es keine Zeit, keinen Zeitablauf, in welchem es verwirklicht werden könnte. Da bestand einfach ein Unterschied, jetzt und vielleicht auf Dauer. Dieser Unterschied mochte etwas mit der Dichte von Jeduschins Präsenz zu tun haben, mit seinem gelebten Leben und der Persönlichkeit, die er war. Dabei wurde mir bewusst, dass ich doch erst seit relativ kurzer Zeit in der Gegend hier lebte, und dass ich wohl auch altersmäßig nicht erwarten konnte, mich mit Jeduschin messen zu können.

„Auch ohne Lehrer sollte ich weiterwachsen können", sagte ich daraufhin zu Jeduschin, „und wenn es keine Lehrer gibt, wie du sagst, so macht es vielleicht die Zeit oder das Leben selbst." – „In gewisser Weise magst du recht haben", antwortete Jeduschin, „aber es ist nicht die ganze Wahrheit. Natürlich sieht es so aus, als ob das Leben und die verfließende Zeit die Menschen prägen, aber das ist eben nur die halbe Wahrheit. Immer ist der Mensch auch schon ‚ganz' und ‚alles', nur nimmt er es lange nicht wahr. Ist dies wirklich klar, dann gibt es keinen Unterschied mehr." – „So ganz und umfassend zu sein, kann nicht erreicht werden, und doch gibt es dieses große Bedürfnis danach", sagte ich daraufhin bedauernd, und ich fühlte eine nach wie vor bestehende Erlösungsbedürftigkeit. Während ich mich in meinem neuen Zuhause in der Waldlichtung oft ganz verinnerlicht und zentriert gefühlt hatte, war es bei Jeduschin nun anders. Dies entging ihm nicht, und er meinte nur: „Komm zur Ruhe – du brauchst nichts zu tun." Und er fragte, ob ich einen Tee möchte, was ich gerne und dankend bejahte. Vielleicht würde er entschlackend wirken, dachte ich mir dazu.

Als Jeduschin nach einiger Zeit mit dem Tee kam, hatte ich mich gefasst und kam auf mein Anliegen zu sprechen: „Eigentlich wollte ich meine nächsten Freunde und Bekannten einmal zu mir einladen, und ich bin gekommen, um dich zu fragen, ob du die Nachricht weitergeben könntest." Bei diesen Worten überkam mich aber gleichzeitig eine Scheu, das angedachte Treffen wirklich zu realisieren. Angesichts des deutlichen Unterschiedes zwischen mir und Jeduschin würde es mir vielleicht nicht zustehen, Menschen von großer innerer Dichte und Präsenz einzuladen. Und ob ich sie wirklich Freunde nennen durfte, war mir nun plötzlich auch nicht mehr klar. „Nun frage ich mich aber, ob ich diese Einladung überhaupt realisieren soll", sagte ich daraufhin. „Vielleicht sollte ich einfach die kleine Einweihung für die Waldarbeiter machen." – „Immer noch machst du diese Unterschiede", antwortete Jeduschin, „lade einfach alle ein, und es werden jene kommen, für die es stimmig ist. Das Leben ist nicht so kompliziert." Wie viel ich doch noch zu lernen hatte, dachte ich daraufhin. Ich hatte es ‚richtig' machen wollen, und genau das war falsch. Also gab ich Jeduschin ein Datum an, zu dem das Treffen passen würde, und plötzlich war alles ganz einfach: es geschähe eben das, was sich zutragen würde. Erleichtert trank ich meinen Tee aus, und bald machte ich mich wieder auf die Rückweg. Wie sich die Verhältnisse doch klären konnten, wenn ihnen niemand im Wege stand, dachte ich dabei. Auch wenn es Jeduschin nicht wahrhaben wollte, war er doch immer wieder mein Lehrer.

Für den Tag des Treffens hatte ich für die erwarteten Gäste allerlei besorgt und nun bereitgelegt – Salziges und Süßes, Wein und Kaffee – und auf dem Vorplatz des Hauses entfachte ich ein Feuer zum Willkomm. Ich hatte keinen genauen Zeitpunkt vorgesehen, nur der Nachmittag war bestimmt, und so mochten die Gäste kommen und gehen, wie es ihnen entsprach. Nicht wenig erstaunt war ich, als Barbara gleich zu Beginn zusammen mit ihrem Mann kam, mit welchem ich bisher noch nicht viele Worte gewechselt hatte, obwohl wir uns schon einige Male getroffen hatten. Er war stets sehr einsilbig gewesen, und ich wusste nicht, ob es daran lag, dass sich Barbara mit mir verbunden fühlte, oder ob es einfach seine Art war. Dass er gekommen war, bedeutete mir, dass er offenbar auch zu einem weiteren Austausch mit mir bereit war. Allerdings wusste ich nicht, wie viel Barbara ihm von mir erzählt hatte, und vielleicht war es mehr, als ich mir vorstellte. Allerdings war die Beziehung zwischen Barbara und mir ja vor allem eine innerliche, und dagegen konnte wohl nichts einzuwenden sein, denn solche Dinge entziehen sich dem Zugriff des Wollens. „Ich bin Tom", stellte er sich vor, „und ich habe gehört, dass du in Andros Haus hier eingezogen bist, der ja zu unserer Familie gehört." – „Ich bin Micha und freue mich, dass du gekommen bist", antwortete ich, „wie du wohl gehört hast, bin ich durch Zufall auf das Haus gestoßen, und da es leer stand, war ich froh, hier einziehen zu dürfen. Es kam mir fast wie ein Wink des Schicksals vor, dass es hier eine Bleibe für mich bereit hielt." – „So ist es", antwortete Tom, „was geschieht, ist immer, was das Schicksal für uns bereithält." – „Du meinst, das Geschehen ist mit dem Schicksal identisch?" fragte ich nach. – „Was sich zuträgt, ist das Schicksal oder das Geschehen, wie immer du es nennen willst," antwortete Tom, und nun schien mir, dass er wohl ein größeres Verständnis für die Belange des Lebens hatte, als ich es aus den Gesprächen mit Barbara vermutet hatte. Vielleicht war Tom einfach ein Mensch der wenigen Worte, der sich im Alltag über solche Dinge nicht äußerte. Alle Arbeit auf dem Bauernhof war das selbstverständliche Geschehen des Lebens und damit gleichzeitig des Schicksals, und das mochte Tom sehr klar sein. Und vielleicht verhielt es sich mit seiner Einschätzung der Beziehung von Barbara und mir ebenso – auch sie war einfach das Leben selbst, an dem es nichts zu bemängeln gab.

Barbara begrüßte mich herzlich, und ich hatte den Eindruck, dass Tom nichts dagegen einzuwenden hatte. Offensichtlich hatte er kein Besitzdenken und ließ dem Leben seinen Lauf. Und er schien auch nicht daran interessiert, was sich zugetragen haben mochte, wenn Barbara und ich uns trafen. „Die Tage bei dir waren schön", sagte Barbara daraufhin, „und Tom war es recht, etwas ohne meine Ansprüche zu sein." Das war nun vieldeutig, aber ich ließ es auf sich beruhen. Nicht alles musste besprochen sein, und wichtiger war, dass Tom und ich uns gegenseitig fühlten. Tom erzählte auf meine Fragen hin vom Bauernhof und seiner Arbeit, und er fügte dann an, dass Barbara manches Mal ihrer eigenen Wege gehe, und er verstehe das auch. Sie sei ja doch von einer gewissen Bedeutung in dieser Gegend, und dies hätte nicht mit ihm zu tun. Er wäre aber hin und wieder bei Zusammenkünften ihrer Kreise dabei, wie eben jetzt, und das gäbe ihm ein Gefühl für die Welt, in welcher sie doch viel intensiver verankert sei als er. Die offene Art, wie sie zusammen lebten, war dabei wohl auch die einzige Möglichkeit, dass ihre Partnerschaft Bestand haben konnte und sie sich auch gemeinsam an der Begleitung ihrer Tochter ins Erwachsenenalter engagieren konnten. „Unsere geistige Ausrichtung ist nicht gänzlich verschieden, aber doch von unterschiedlicher Intensität", fügte Tom an Barbaras Worte an, „und das Äußere richtet sich danach."

Nach und nach fanden sich weitere Gäste ein, und auch die Helfer aus der Waldarbeit kamen gerne, wobei diese zunächst lieber draußen beim Feuer blieben als mit den anderen ins Haus zu gehen. Auch Manuel, Klara und Olga aus der nahe gelegenen Siedlung kamen, und selbst die beiden Neffen Yesche und Jannik waren extra aus der Stadt angereist. Manuel, mit dem ich in einen schönen Kontakt gekommen war, war vielleicht auch daran interessiert, die Verhältnisse bei mir näher kennen zu lernen. Jemanden in den eigenen vier Wänden zu erleben, machte doch einen Unterschied, selbst wenn man wie Manuel alle Menschen in ihrer Ganzheit wahrzunehmen vermochte. Wir setzten uns in die Stube, und alle bedienten sich nach Lust und Laune. So kamen die salzigen Brote neben die Kuchen zu stehen, und die Kaffeetassen neben die Weingläser.

Im Anschluss an das mit Barbara und Tom angesprochene Thema ergab sich in der größeren Runde zwanglos ein umfassenderes Gespräch über Beziehungen, und ich fühlte, dass die Dinge hier etwas anders gewichtet wurden, als dies üblicherweise der Fall ist. Wenngleich am Anfang der Diskussion die Frage stand, was eine zwischenmenschliche Beziehung denn überhaupt sei, verlor sich niemand in Definitionen. Vielmehr drehte sich das Gespräch um das eigene Erleben, und dabei zeigte sich, dass der Charakter von Beziehungen genauso unfassbar war wie das Leben im Gesamten. Zu diesem Schluss waren auch Barbara und ich schon gekommen, und nun zeigte sich, dass das offenbar auch andere so sahen. Im Konsens darüber, dass kein Mensch durch eine Beschreibung wirklich erfasst werden kann, ergab sich als weitgehend gemeinsame Schlussfolgerung, dass auch Beziehungen letztlich nicht definiert werden können. „Das Unergründliche, das wir sind, macht auch Beziehungen unfassbar", meinte Manuel dazu, „und das ist selbst in momentanen Begegnungen so. Wenn das stets unfassbare eigene Wesen Raum hat, bleibt in jeder Situation eine Unbestimmtheit. Ohne sich einzubilden, man wüsste, was am nächsten Tag sein wird, gehört zu jeder gelebten Beziehung eine stete Unsicherheit." – „Jeder Beziehung liegt aber doch eine gemeinsame Schwingung zugrunde", meinte Klara dazu, „jedenfalls nehmen ich und Olga das so wahr. Doch weil wir uns beide selber nicht definieren, gehört auch bei unserer gemeinsamen Schwingung eine stete Ungewissheit zur Beziehung. Woher soll ich wissen, was morgen geschieht? Ob mich Olga nicht morgen verlassen wird? Wir haben zwar viele Gemeinsamkeiten, aber das Unbestimmte allen Seins ist stets gegenwärtig." Das Gespräch nahm plötzlich einen recht persönlichen Charakter an, und ich war erstaunt, wie offen die Menschen über ihre eigenen Themen berichteten. Oder waren es nicht ‚ihre' Themen, weil sie allgemeinmenschlich waren, und von den Anwesenden niemand an persönlichen Vorstellungen festhielt?

„Das Unerklärliche des Seins manifestiert sich in der individuellen Form jedes Menschen", führte Manuel das Gespräch fort, „aber besonders wird es, wenn man nicht mit der eigenen Form und auch nicht mit Vorstellungen über diejenige anderer Menschen identifiziert ist. Und damit stellt sich die Frage: gibt es überhaupt Partnerschaft?" – „Vielleicht geht es um eine gemeinsame Schwingung, die auch dann existiert, wenn die Partnerinnen keine Selbstbilder pflegen", nahm Klara ihren Schwingungsgedanken wieder auf. „Das würde eine Verbundenheit zwischen Menschen erklären, selbst wenn diese an nichts haften. Ihre Beziehung wäre dann mit der gemeinsamen Schwingung identisch. Unwichtig scheint mir dabei, in welcher Form sich eine Beziehung manifestiert – etwa als Freundschaft oder als Liebesbeziehung. Auch die Liebe wäre dann einfach ein gemeinsames Schwingungsfeld." – „Und ist die gemeinsame Schwingung statisch?" fragte ich nach und wandte im Nachgang ein: „In jeder Beziehung gibt es doch Veränderungen, und das gemeinsame Feld kann sich jederzeit wandeln." – „Natürlich darf sich das Schwingungsfeld verändern", meinte Manuel dazu, „doch auch dann zeigt sich darin das Unfassbare, das jeder Mensch ist. Durch Beziehungserfahrungen wird es einfach bewusster. Mehr und mehr können Menschen so mit ihrer Unfassbarkeit vertraut werden." – „Beziehung also als Vehikel zur allgemeinen Bewusstwerdung?" fragte ich kritisch nach. – „Vielleicht", meinte Manuel. „Es klingt, als wäre es eine Abwertung von Beziehungen, und doch sind sie genau wie alles andere dieses wunderbare eine Sein, das wir darstellen. Jeden Moment sind wir das, und jeden Moment ist es auch die Beziehung." Manuel schwieg eine Weile, und niemand sagte etwas dazu. Schließlich fügte er an: „Ohne alle Fixierung, Bindung und die Ideen, wie etwas sein sollte, zeigt sich die Substanz. Ist das nicht mehr als jede Form einer gewünschten Beziehung, die so nicht wirklich existiert?" – „Mmm", äußerte sich Olga, die zu Klaras Schwingungsthese und Manuels Erläuterungen noch nichts gesagt hatte, und ich wusste nicht, ob sie nun nachdachte, oder ob ihr die Diskussion zu theoretisch war. „Ich liebe", sagte sie daraufhin, „und das ist alles. Was kümmert mich, was morgen ist?" Damit hatte sie das Thema schön auf den Punkt gebracht, und es war fühlbar, dass sie aus innerer Tiefe sprach. Es war glaubhaft, und ich dachte, dass es schön sein musste, so zu lieben.

Draußen hörte man derweil weitere Leute sprechen – offenbar waren nochmals Gäste gekommen. Ich trat vors Haus und begrüßte die Neuankömmlinge herzlich. Und auch die anderen traten vors Haus, als sie sahen, wer gekommen war. Es waren Jeduschin und Mauro, und dass mich Mauro besuchte, war mir eine besondere Ehre. Ich wusste, dass er seine Hütte nur selten verließ, und wer von ihm besucht wurde, wusste dies zu schätzen. Wie immer war er von recht struppigem Aussehen und entsprechender Kleidung, aber seine ‚Schwingung' – um mit Klaras Worten zu sprechen – war unglaublich. Unsere Gespräche fielen geradezu in sich zusammen, als er unter uns trat, und ein Gefühl von tiefem Respekt erfasste alle. Die meisten kannten Mauro, und dennoch war es beinahe, als würden sie ihn zum ersten Mal sehen. Viele waren sehr bewegt, obwohl Mauro nichts gesagt hatte außer einem freundlichen ‚Hallo'. „Was ist mit euch los?", fragte Jeduschin dann in betont lockerer Weise, „mir scheint gerade, als wolltet ihr auf die Knie fallen. Ist der gute Mauro so merkwürdig?" Als Freund von Mauro war es Jeduschin erlaubt, sich so zu äußern, obgleich oder gerade weil er sehr wohl wusste, welche Wirkung von ihm ausging. Mauro hätte als Guru durchgehen können, dachte ich mir, wenn er sich nur nicht standhaft gegen jede derartige Einschätzung und Behandlung verwahrt hätte.

So gingen wir zusammen wieder ins Haus, und es kam mir vor, als würde ein ganzes Gefolge hinter ihrem Meister einherschreiten. Mauro zeigte aber keinerlei Allüren, welche eine Würdigung herausgefordert oder begründet hätte. Vielmehr war er einfach ein schweigsamer Naturmensch, der nichts wollte und in einem so tiefen Sinne lebte, dass alle spürten, was es mit ihm auf sich hatte. Weshalb sich sein Ruf nicht weiter ins Land hinein ausbreitete, mochte damit zu tun haben, dass er im Allgemeinen recht abweisend war. Wer zu seiner Hütte kam, hatte mit einer Abfuhr zu rechnen. In seinem Wesen lag aber eine Kraft wie diejenige von Jeduschin. Offensichtlich sahen die Besucher Mauro alles nach, was nicht den üblichen Höflichkeitsregeln entsprach, denn was er sagte und verkörperte war so dicht, wie sie es sonst wohl von niemandem kannten.

Wir setzten uns wieder in der Stube nieder, und Mauro nahm mit allen Verbindung auf, die im Kreise saßen. Er schaute jedem und jeder in die Augen, ohne etwas zu sagen, und ohne dass er uns gemustert hätte. Als sich mein Blick mit seinem traf, machte meine Sicht nicht Halt vor oder in seinen Augen, sondern ging weit darüber hinaus in ein Niemandsland. Darin lebte Mauro wohl, und ich konnte auch nicht sagen, ob es Mauro war, der mir begegnete, oder vielmehr das Unermessliche selbst, von dem wir vorher gesprochen hatten. Nun war es in der Gestalt von Mauro da, als Schwingung, die alle Menschen einschloss. Dazu gab es nichts zu sagen, und so schwiegen wir alle. Wie lange dieses Schweigen dauerte, war nicht zu benennen, denn es war wie ein zeitloses Sein, in dem alles aufging. Alles, was an Gedanken und Gesprächen noch im Raum lag, löste sich in einer unermesslichen Stille auf. Nach einer Weile stand Mauro auf, und er verabschiedete sich, ohne weiter gesprochen oder etwas vom Essen und den Getränken genommen zu haben. So war es keine gesellschaftliche Aufwartung, die er mir und uns gemacht hätte, sondern eine tief ergreifende Begegnung, welche alle vorherigen Beziehungsfragen unwesentlich erscheinen ließ. Solche Themen bestanden nur auf einer gewissen Ebene, und Mauro hatte sie überschritten.

Jeduschin war nicht mit Mauro mitgegangen, und es kam mir vor, als wäre er als Übersetzer zurückgeblieben, als Vermittler zwischen den Welten, die sich bei uns und Mauro offenbarten. „Will jemand etwas zu dem sagen, was vorhin geschehen ist?" fragte Jeduschin dann in die Runde. – „Wie kommt man an den Ort, wo Mauro sich aufhält", fragte Tom sichtlich bewegt. – „Ist Mauro da nicht einsam?" fragte Olga in ihrer Weise. – „Ist es überhaupt ein Ort, ist er ein Mensch?" meinte Manuel dazu, und es war nicht klar, ob es als Frage oder als Feststellung gemeint war. – „Was ist denn überhaupt ein Mensch?" nahm

Jeduschin den Faden auf. „Besteht er nur aus Selbstbildern und allenfalls aus Beziehungen? Oder ist da noch etwas anderes?" Schön öfter hatte ich mit Jeduschin über ähnliche Fragen gesprochen, aber nun war es anders. Mauro hatte seine Spuren hinterlassen. Und ich spürte, dass Jeduschin ihnen gewachsen war.

Bisher hatte ich von ihm nur verstanden, was die jeweils behandelte Thematik betraf und was sich in seiner Stimmung und Schwingung ausdrückte, aber nun spürte ich, dass Jeduschin weit darüber hinausreichte. Und auch was ich jetzt wahrnahm, war wohl nicht alles. Jeduschin reichte wie Mauro ins Unermessliche, das niemand wirklich erfassen kann. Mit der Untergründlichkeit war es wirklich so eine Sache, dachte ich mir, man würde ihr nie Herr. Und dennoch schien es eine Annäherung zu geben. Voraussetzung dafür mochte ein ganz offenes Herz und ein ganz stilles Gemüt sein. So frei zu sein, dass dies geschehen konnte, musste etwas ganz Besonderes sein. „Hat er alles hinter sich gelassen?", fragte ich Jeduschin dann, und zu meinem Erstaunen sagte er einfach: „Ja". Er verausgabte sich nicht in Erklärungen, und vielleicht war auch von Jeduschin alles abgefallen, was die Bindungen eines normalen Menschen sind. Eine Ahnung davon hatte ich in seiner Kapelle bekommen, als ich ihm erstmals begegnet war und die Stimmung als schön und bedrohlich zugleich empfand – letzteres wohl deshalb, weil es meine Identität in Frage stellte.

Das kleine Fest, wie ich es mir vorstellte, hatte nun eine ganz andere Wendung genommen, und ich traute mich kaum, die entstandene Atmosphäre durch die Einladung zum weiteren Essen zu beeinträchtigen. Jeduschin nahm dieses Ansinnen aber unwillkürlich auf und reichte nach einem Kuchenstück. Die Tiefe des Seins und der Kuchen waren für ihn ja keine verschiedenen Dinge. Er genoss den Kuchen, und das galt geradezu als Signal für die anderen, wieder aus der dichten Schwingung herauszutreten, die Mauro hinterlassen hatte. Insofern war Jeduschin wirklich ein Brückenbauer zwischen den Welten. Und da meldete sich Tom nochmals zu Wort, von dessen Hof die Früchte kamen, die sich in den Kuchen fanden. „Die Zwetschgen waren diesen Herbst besonders schön und schmackhaft", erläuterte er, und es war eine Mitteilung und eine tiefsinnige Bemerkung gleichzeitig. Seine Worte erinnerten mich an eine Gruppe, die ich früher einmal bei Jeduschin getroffen hatte. Dort war von äußeren Dingen gesprochen worden, aber ich fühlte, dass gleichzeitig etwas anderes mitgemeint war. Etwas Grundsätzliches, welches das Leben ausmacht, und das sich gleichzeitig in den Ereignissen verbirgt. Warum nur war es so schwer, sich der gedanklichen Hindernisse zu entledigen, auf dass das Eigentliche zum Vorschein kommen könnte, das doch stets bereit stand, um erkannt zu werden?

Weitere Gäste kamen nicht mehr, so gerne ich vor allem Esmeralda wieder gesehen hätte, die mit Jeduschin sehr verbunden war. Es war aber nicht angebracht, ihn nach ihrem Verbleib zu fragen – und vielleicht wusste er auch nicht, wo sie war. In der Begegnung mit Mauro und mit Jeduschin deutete sich mir aber an, wohin sich eine Beziehung entwickeln konnte, wenn alles Persönliche abgelegt worden war. Dann mochte etwas zurückbleiben, was in keiner

Weise einzuordnen war und dennoch existierte. Die Gäste saßen noch etwas zusammen, und auch alle von draußen waren inzwischen ins Haus gekommen. Wir genossen die Gemeinschaft, bis sich die Gästerunde schließlich auflöste und wir uns alle verabschiedeten. Genau so hatte ich mir meinen Einstand im Hause nicht vorgestellt, aber es war ein würdiger Anlass geworden, wie er nur mit Menschen möglich ist, die über Tiefe und Offenheit verfügen. Niemand hatte das Geschehen so geplant, und es war eindrücklicher, als ich es mir je hätte vorstellen können. Auch von Tom verabschiedete ich mich herzlich, und ich fühlte, dass er intuitiv wusste, um was es bei allem ging – nicht nur bei Barbara und mir, sondern im Leben überhaupt. Und das ließ in mir freundschaftliche Gefühle zu ihm aufkommen. Sicherlich würden wir in guter Weise miteinander sprechen, wenn wir uns das nächste Mal beim Bauernhof träfen, und wenn wir zusammen schwiegen, würde es auf eine andere Art sein als früher.

Der Besuch von Mauro beschäftigte mich länger – so intensiv war seine Aufwartung gewesen. Als er mich angesehen hatte, offenbarte sich mir in seinen Augen eine Weite und Ferne, die ganz unergründlich war. Es war, als hätte er ein Tor in mir geöffnet, aber vielleicht hatte nicht er dies getan, sondern das Tor öffnete sich einfach durch ihn. Oder es stand schon immer offen und nun hatte ich es durchschritten. In dieser unfassbaren Weite erschien mir die Welt ‚unwirklich', und auch ich war davon nicht ausgenommen. Aber es gab nicht etwas ‚Wirkliches' daneben, etwas, das wirklicher gewesen wäre, als wie sich mir die Welt nun zeigte. Alles war wie ein Traum, den aber niemand träumte – der einfach so geschah. Und die Erscheinungen dieser Welt waren wie Bilder in diesem Traum – Bilder, die jederzeit verschwinden konnten. Darüber hatte ich mich mit Mauro bereits früher einmal ausgetauscht, doch nun bewegte mich das Thema noch tiefer. Wenn der Traum zu Ende wäre, dann wäre nichts mehr, und dieses ‚Nichts' war mir schon spürbar.

Mittlerweile kam es mir vor, als hätte schon das ganze frühere Leben in diesem Traum stattgefunden, und dass ich geglaubt hatte, dass es ‚wirklich' wäre. Damit gab es zugleich eine Sicht jenseits von Zeit, für welche das Vergangene keine Existenz hatte, da es sich nicht in dieser stets gegenwärtigen zeitlosen Präsenz befand. Und die gegenwärtigen Erscheinungen waren Ausdruck von etwas ‚Eigentlichem'. Dieses zeigte sich in den Erscheinungen und war zugleich völlig unfassbar, womit auch die Erscheinungen diesen Charakter bekamen, der wiederum ‚traumhaft' genannt werden konnte. Während sich die Menschen gegenseitig in der ‚Wirklichkeit' aller Erscheinungen, ihrer selbst und der eigenen Wahrnehmung bestätigten, vermochte ein Punkt außerhalb dieser vermeintlichen Wirklichkeit die Relativität der Erscheinungen aufzuzeigen. Selbst dieser Punkt war aber nicht wirklicher als alles andere, womit alles zum Traum wurde, der sich selbst träumt. War der Traum nun als Traum erkannt, so war die Welt als ‚Wirklichkeit' ausgeträumt, und doch ging das Leben mit all seinen Ereignissen weiter – wenn auch für niemanden. Keine Sprache vermochte in Worte zu fassen, wie sich das anfühlte, und wie es seither auch geblieben war.

‚Scheinbare Menschen leben in einer scheinbaren Welt, und sonst gibt es nichts' – so kam es mir vor. Da gab es nichts zu gewinnen und nichts zu verlieren, denn all dies wären doch nur Geschehnisse in einem Traum – als würde ein Spiel gespielt. Was machte es da schon aus, wer ‚gewonnen' und wer ‚verloren' hatte? Wenn sich die Menschen so sehr um ihre Angelegenheiten und Interessen kümmerten, so erschienen mir diese Bemühungen nun wie Geschehnisse in einer Fata Morgana. Und eines Tages würden sich die Bilder auflösen und alles würde verschwinden – in einer Weise, wie wandernde Dünen alles mit der Zeit alles bedecken. Rein äußerlich würde dabei allerdings nichts geschehen, denn selbst die Dünen waren nur Traumbilder in einer unwirklichen Landschaft.

Mauro musste in eine solche Dimension vorgestoßen sein, so erschien es mir nach seinem Besuch, und etwas davon war auf mich übergegangen, etwas hatte den Blick in die Weite geschärft und alles Vordergründige unscharf werden lassen. Wenngleich mich die Frage beschäftigte, ob nicht doch etwas hinter dieser traumhaften Welt liege, war dies doch nicht zu ergründen, denn auch der Ergründende selbst war wiederum nur eine Figur in diesem Traum. Der Ergründende und das zu Ergründende fielen damit in eins zusammen, und darin tat sich die große Weite auf, die ich bei Mauro gespürt hatte. Vielleicht war Mauro wie ein Wassertropfen im Meer aufgegangen, vielleicht hatte er sich in der Weite des Universums verloren, die er zugleich selber war. Kein gewöhnlicher Mensch würde Mauro in diese Welt folgen können – keiner, der an einer Wirklichkeit festhält, die es so möglicherweise nie gegeben hatte.

Und wenn Mauro in dieser unwirklichen Welt weiterspielte – er selber von gleicher Unwirklichkeit – glaubten wohl viele, dass er wie andere ‚hier' wäre, wo er doch längst weggegangen war. Wenn ihm die Ereignisse in dieser traumhaften Welt unwichtig erschienen und er nicht in üblicher Weise daran teilnahm, konnten andere dies als ‚mangelndes Engagement' fehlinterpretieren – doch einfach deshalb, weil sie das Unwirkliche und zugleich die Weite allen Seins und auch ihrer selbst nicht wahrnehmen konnten. Die gegenseitige Bestätigung vermochte die Menschen in ihrer Vorstellung einer ‚wirklichen' Welt festzuhalten, und es brauchte vielleicht des Einflusses von Mauro, um aus solch allgemeiner Einschätzung in eine neue Sichtweise aufzubrechen. Mauro war offensichtlich nicht mehr in die Belange dieser äußeren Welt verstrickt – in einem viel weiteren Sinn, als einfach nicht daran zu hängen – und dies war nur möglich, wenn er den Charakter der Welt durchschaut hatte – und damit auch das, was als ‚Mauro' erschien.

Im Zuge all dieser Wahrnehmungen und Gedanken hatte ich das Bedürfnis, Mauro nochmals zu besuchen, und er würde dabei vielleicht bestätigen oder ablehnen, was mir nun gegenwärtig geworden war. Oder er würde auch nichts sagen – und genau darin könnte eine Botschaft liegen. Jedenfalls würde mir eine Begegnung mit Mauro zur Klärung dienen, und vielleicht wäre sie auch eine Unterstützung in der Verlorenheit, die ich gelegentlich empfand, denn das Niemandsland war ohne Konturen – nur mit Schattenbildern bestückt. Wenn solche Erlebnis- und Sichtweisen im Rahmen eines üblichen Weltbildes als ungewöhnlich oder gar als ‚ungesund' erscheinen mochten, würde Mauro sie doch würdigen können. Jede ‚Normalität' basierte ja nur auf einer übereinstimmenden Weltsicht vieler Menschen, doch was jenseits davon war, vermochten wahrscheinlich nur wenige einzuordnen, wie eben Mauro.

Mauros Weitsicht zeigte sich in seiner Ausstrahlung. Von seiner Erscheinung ging etwas Überpersönliches aus, und nach meinem Eindruck war dafür entscheidend, dass er nicht nur alles hinter sich gelassen hatte, wie es Jeduschin bestätigte, sondern dass er von sich selber gänzlich frei geworden war. Was andere dabei als seine Identität vermuteten, war nur deren eigenes Bild. Mauros Wirkung war Ausdruck davon, was sich in ihm realisiert hatte. Das mochte manchen merkwürdig vorkommen, und doch war er nur zu jener inneren Ganzheit zurückgekehrt, welche die Menschen im Laufe der Zivilisationsgeschichte verloren hatten. Manche mochten nun vermissen, was sie zurück gelassen hatten, und waren deshalb zu Suchenden geworden. Wohl würde aber kaum jemand vermuten, dass nichts gefunden werden könnte, und dass stattdessen nur ein Traum erkannt würde. Mit der Einsicht in den illusionären Charakter ihrer Weltsicht könnte ihnen aber die Ganzheit einsichtig werden, die Weite des Daseins, und das unbeschreiblich ‚Eigentliche'.

Mit solchen Gedanken und Empfindungen machte ich mich auf den Weg zu Mauros Hütte, wo ich ihn anzutreffen hoffte. Dabei erwartete ich nicht eine jener Abfuhren, welche viele erlebten, die nur aus äußerem Anlass und Interesse kamen. Solche Besucher konnten nicht verstehen, wie es sich mit Mauro verhielt, und er mochte sich nicht auf Begegnungen einlassen, in denen es nicht um etwas Wesentliches ging. Wie Menschen sich ihm darzustellen versuchten, interessierte ihn nicht, aber echte Kontakte freuten ihn, selbst wenn sie darin bestanden, zusammen schweigend ein Glas Wein zu trinken. Alles Unechte durchschaute er sofort – es war ihm noch unwirklicher als die äußeren Erscheinungen allgemein. In diesen sah er in erster Linie das ‚Eigentliche', das ohne Form war. Auch wenn seine Besucher von ihren Selbstbildern Abstand nähmen, würden die meisten wohl die Unfassbarkeit des Seins und damit von Mauro nicht erahnen können, und dann mochte er vielleicht lieber als der schweigsame und abweisende Kauz erscheinen, der er doch gar nicht war.

Der Pfad zu Mauros Hütte war steil und unwegsam. Ich war ihn noch nicht oft gegangen, kannte ihn aber doch. Langsam nur trugen mich die Füße den Berg hinauf, traumhaftes Gehen auf einem unwirklichen Pfad. Als ich schließlich zur Mulde mit Mauros Hütte kam, stand er vor dem Haus, als ob er mich erwartet hätte. „Gut, dass du kommst", sagte er zum Willkomm – ungewöhnlich im Vergleich zu seinem üblichen ‚Hmm'. Möglicherweise hatte er mich tatsächlich erwartet. – „Dein Besuch bei mir und im Kreise der Gäste hat mich ziemlich durcheinandergebracht", berichtete ich, nachdem ich ihn mit einer Verneigung begrüßt hatte. „Seither kommen mir die Welt und das Leben noch stärker als Traum vor, als dies bisher der Fall war – mich eingeschlossen. Das ist ungewohnt und auch verwirrend, obwohl ich nicht sagen könnte, dass ‚jemand' verwirrt wäre, denn ich komme mir ja selbst wie eine Traumfigur vor – nicht wirklich existent. Was hältst du davon?" – „Nichts", antwortete er mir, „wer sollte davon schon etwas halten können?" – „Und die Verwirrung?" fragte ich nach. – „Den ‚Traum der Welt' wahrzunehmen ist ungewohnt, vor allem, weil er einen auch selbst betrifft. Die Welt träumt sich selbst, und du bist Teil davon. Erkannt wird der Traum aber erst, wenn die eigenen Überzeugungen und Selbstbilder durch innere oder äußere Ereignisse gänzlich dahingefallen sind. Du bist der Traum, der sich seiner selbst bewusst wird." – „Und niemand ist jenseits des Traumes?" fragte ich weiter. – „So ist es, und es erwacht auch niemand aus dem Traum, wie viele meinen. Freiheit ist nicht das Resultat von Befreiung, denn da ist niemand, der befreit werden könnte." – „Du meinst, die Traumfiguren würden Traumfiguren bleiben, auch wenn es ein gewisses Bewusstsein über den Traum gibt?" – „So erscheint es. Der Traum geht weiter, und niemand ist befreit. Nur ist klar, dass alles ein Traum ist", sagte Mauro dazu. „Das ist Freiheit." – „Und wie verhält es sich denn mit den zwischenmenschlichen Beziehungen", wollte ich daraufhin wissen, wenngleich ich in anderen Zusammenhängen schon mehrfach mit dem Thema befasst war und mich auch mit anderen darüber ausgetauscht hatte. – „Sie finden in diesem Traum statt. Und das ist durchaus in Ordnung so", war seine Antwort. Mir schien, als wollte er dies zu meiner Beruhigung sagen, denn trotz meiner Erkenntnisse war mir immer noch an der Beziehung zu Barbara gelegen. Doch zugleich spürte ich sehr wohl, dass auch sie eine Traumfigur war. Eine Gestalt in meinem Traum. Immerhin – es war ein schöner Traum. Schließlich wollte ich noch wissen, wie es sich denn mit dieser ‚Unwirklichkeit' selbst verhielt. War wenigstens sie wirklich? – „Ach, was soll das", meinte Mauro dazu. „Ob Unwirklichkeit wirklich sein muss, damit sie ist – das ist doch nur ein Gedankenspiel. Da ist nicht etwas ‚in' oder ‚jenseits' der Erscheinungen. Alles ist einfach ein Traum."

Für die Maßstäbe von Mauro hatte er sehr viel gesprochen, und es oblag nun mir, den Gehalt daraus zu ziehen. Aber dieses ‚Ich' war ja auch eine Traumfigur. So stand ich in diesem Traum neben Mauro, dessen Blick alles durchdrang. Als ich ihm in die Augen schaute, war da wiederum eine Unendlichkeit, anders als man sich dies bei Menschen sonst gewohnt ist.

Menschen sind üblicherweise begrenzt, eingeschlossen und eng, und dies war Mauro nicht so. In diesem großen Traum gab es nur Traumfiguren, die sich begegnen mochten, aber tatsächlich waren sie nicht abgegrenzt. Das Eigenartige war, dass es trotzdem eine Wahrnehmung von ‚Welt' gab, wie unwirklich sie nun auch erscheinen mochte, und dass es Figuren gab, die sich darin bewegten. Es war mir nicht möglich, Mauro zu berichten, von welcher Art die Wahrnehmung genau war, die sich mir bot, doch zwischen uns gab es ein intuitives Verständnis. Was konnte man schon darüber sagen? Das Einzelne schien in dieser Traumlandschaft unwichtig, und Ereignisse waren wie die fallenden Blätter im Herbst – einfach das Geschehen selbst.

Auch im Äußeren war es so. Vor Mauros Haus lag das Laub noch auf dem Boden, und er brachte es nicht weg, da es ja wieder zu Erde würde und den Boden düngte. Die Umgebung war weder schön noch hässlich, weder aufreizend noch beruhigend – und die Blätter lagen da wie in einem Traum, worin es nichts zu tun gibt. Das brachte mich zurück zu Mauros Gedanken, dass die Welt sich selber ‚träumt', und ich wusste nichts weiter dazu zu sagen. Bei Mauros Besuch in meinem kleinen Haus hatte ich mich verloren, und ich hatte danach nicht etwas Anderes gewonnen, und so schien es nun zu bleiben. Lange dachte ich, dass ich wirklich sei, und dieses Leben, und diese Welt. Und nun erwies sich diese Einschätzung als Illusion. Da war nie jemand, und nur die Blätter fielen von den Bäumen – und das für niemanden. Und unten am Meer brandeten die Wellen an die Felsen, wenn der Wind übers Wasser fegte – auch das nicht für jemanden oder für etwas. Mir schien, dass Mauro derweil wieder in die große innere Weite sah. Niemand würde den Inhalt seines Blickes einfangen können, und auch das Wesen von Mauro selbst war in all der Weite nicht mehr auszumachen.

„Wir sind in diesem Traum, und es scheint, dass wir darin handelten, und doch ist beides nicht wirklich?" fragte ich nochmals nach – „Wie du es nimmst", antwortete Mauro, „es sind alles nur Vorstellungen und Meinungen." – „Und darüber hinaus gibt es nichts?" wollte ich weiter wissen. – „Wenn du willst, kannst du bei mir essen", sagte Mauro daraufhin, „es gibt Teigwaren an Tomatensauce. Die Tomaten dafür hat mir Jeduschin kürzlich gebracht." Das also war die Antwort auf meine Frage: ‚Teigwaren an Tomatensauce'. Es hatte tatsächlich keinen Zweck, weiter über Traum und Wirklichkeit nachzudenken, und es änderte auch nichts an der Wahrnehmung, wie sie mir nun eigen war. Wir aßen also Teigwaren an Tomatensauce, und für einen Salat dazu schnippelte ich noch einige Karotten in kleine Stücke. Schweigend nahmen wir die Mahlzeit ein, und ich nahm dies anders wahr als früher bei Jeduschin. Das Geschehen war nicht nur wortlos, sondern auch ganz ohne Gedanken. Nicht einmal ‚es ist schön hier' oder ‚das Essen ist gut' ging mir durch den Kopf, und ohne Worte verlor auch ich selbst jene Konturen, die sich im Gespräch noch etwas gezeigt hatten. Es war, als wartete die große Stille jeden Moment darauf, sich auszubreiten, und alles aufzunehmen. Das tat sie nun, und selbst wir beide, die Teigwaren und unser Dasein glichen eher einem Gemälde als der Begegnung zweier Menschen an einem ruhigen Ort. Und es gab auch noch einen Kaffee – das handgemahlene Pulver Mauros Kaffeemühle entnommen, dazu Milch aufgeschäumt und schließlich alles getrunken.

Mit derselben Verneigung wie zu Beginn unserer Begegnung verabschiedete ich mich daraufhin von Mauro, und es war mir, als würde ich nie verstehen können, was hier geschah, wer Mauro war, und auch wohin wir beide blickten. Ergriffenheit begleitete mich auf dem Weg hinunter zum kleinen Steinhaus, und sie war nicht verwirrend, wie zu Beginn meines Besuches, sondern befreiend.

Als der nahende Winter seine ersten rauen Boten schickte, wunderte ich mich, dass es auch in diesen südlichen Gefilden recht kalt werden konnte. Um die Stube zu wärmen, verlangte der Kamin im Haus nach mehr Holz, und ein kleiner Petrolofen unterstützte mein Wohlbefinden. Eines Tages klopfte es wieder einmal an der Tür, und es war ein Mitarbeiter von Toms Bauernhof, der draußen stand. Ich bat ihn herein, damit er sich nach dem doch längeren Weg in der Kälte wärmen konnte. Dabei berichtete er mir, dass in dieser südlichen Gegend auf den Herbst eine recht kühle Jahreszeit folge, für die man vorsorgen müsse. Zum Glück hatte ich anlässlich meiner Rodungen genügend Holz gesammelt, um für den Winter versorgt zu sein. Benin, wie sich mein Besucher nannte, war aber nicht deswegen gekommen, sondern um mich zu fragen, ob ich bei der Olivenernte mithelfen würde. Zum Hof gehörte eine große Plantage von Olivenbäumen, deren Früchte zu Beginn des Winters geerntet werden mussten, und dazu bedurfte es zahlreicher Helfer und Helferinnen. So verstand ich die Anfrage von Tom gut, der auf jede erreichbare Hilfe angewiesen war. Und zugleich schien sie mir auch eine Einladung zu sein, am Leben im Bauernhof teilzuhaben und mich etwas in die dortige Gemeinschaft einzufügen. Das war mir durchaus willkommen, denn auch ein zurückgezogenes Leben, wie es mir seit einiger Zeit beschieden war, bedurfte der gelebten Beziehungen.

Vom Olivenhain hatte ich schon einmal gehört, und auch davon, dass der Ertrag aus dem gewonnenen Öl einen nicht unerheblichen Beitrag an das Einkommen des Hofes leistete. Das Öl war in allen umliegenden Dörfern zu bekommen, und selbst in die Stadt wurde es geliefert. Die Einladung war also auch eine Einladung, an der Existenz des Hofes mitzuwirken, und das freute mich besonders. So sagte ich gerne zu, und Benin erklärte, dass die Arbeit wohl etwa eine Woche dauern würde. Zur Ernte verwende man kleine Rechen, womit man die Oliven von den Ästen lösen könne, ohne die schmalen Olivenblätter zu beschädigen. Je nach der Höhe der Bäume kämen dabei kurze oder lange Geräte zum Einsatz, und damit es den Helfenden nicht langweilig würde, wären jeweils zwei Personen mit dem gleichen Baum beschäftigt. So fand ich mich nach den Eindrücken von Mauro wieder auf dem Boden der äußeren Realität. Benin sagte zum Schluss, dass die Ernte in drei Tagen beginnen würde, und dass ich an diesem Tag bitte frühzeitig zum Hof kommen möge. Tom würde dann die genauen Instruktionen geben, und es würde sich auch zeigen, mit wem ich zusammenarbeiten sollte. Und wenn es mit jemandem gar nicht ginge, würde Tom die Gruppen auch verändern, fügte Benin mit einem Schmunzeln an. Möglicherweise hatte er entsprechende Erfahrungen gemacht, und vielleicht hatte er gar eine Ahnung, auf wen ich treffen könnte. Nach der Art seiner Äußerung war ich gespannt, auf wen ich treffen würde, und ich dachte, dass die Begegnungen vielleicht ebenso wichtig würden wie die reine Erntearbeit.

Am ersten Erntetag machte ich mich deshalb frühzeitig noch im Dunkeln auf den Weg und kam gerade zum Sonnenaufgang auf den Hof. Da standen schon einige Leute – nicht nur Angestellte des Hofes, sondern auch Helferinnen und Helfer, wie ich einer war. Sie schienen sich zu kennen, und es war wohl nicht das erste Mal, dass sie zusammen arbeiteten. Tom begrüßte mich freundlich und stellte mich gleich den anderen vor. Barbara war nicht dabei, und das war mir auch ganz recht so, denn ihre Anwesenheit hätte mir den Einstieg vielleicht erschwert. Wie Tom dann allen erklärte, war sie in die Küche abgestellt und sorgte für das leibliche Wohl der Truppe. Unter den Anwesenden fiel mir eine Frau besonders auf, die nicht in landwirtschaftlicher Kleidung gekommen war. Sie trug einen weiten Rock, der aus zahlreichen farbigen Stoffstücken zusammengenäht war, und darüber war sie in eine halblange warme Jacke gepackt – beides wohl nicht ganz praktisch für die Erntearbeit. Der Rock würde sie wohl eher behindern, dachte ich mir, und die Jacke wäre ihr bei der strengen Arbeit wohl bald einmal zu warm. Aber es war ja nicht meine Angelegenheit, und so wandte ich mich einem Helfer zu, der gerade neben mir stand. Dieser schien mit unserer bevorstehenden Arbeit recht vertraut zu sein, und er erklärte mir, wie man mit den verschiedenen Geräten richtig umzugehen hätte. Zu Recht hatte er den Eindruck, dass ich darin nicht geübt war, und vielleicht wirkte ich in handwerklicher Hinsicht und allgemein nicht ganz überzeugend auf ihn.

Als Tom die Arbeitspaare zusammenstellte, zeigte er auf mich und die Frau im farbigen Rock und meinte: „Micha und Stella passen wohl gut zusammen – wollt ihr es miteinander versuchen?" Ich wusste nicht, ob er dachte, dass wir uns gut unterhalten würden, oder ob er meinte, dass wir zufolge einer beschränkten Ernteerfahrung zusammenpassten. Stella kam lachend auf mich zu und sagte aber, dass sie die Arbeit schon mit verschiedenen Männern bewältigt hätte. „Haben sie es mit dir nicht mehr ausgehalten, dass Tom dir jeweils die neuen Helfer zuweist?" fragte ich sie etwas herausfordernd. – „So etwa", meinte sie daraufhin durchaus versöhnlich, „es kann schon sein, dass es mit mir etwas anspruchsvoll ist, und das ist nicht jedermanns Sache. Aber du wirst mich vielleicht aushalten." Das war also der Beginn unserer Zusammenarbeit, und der farbige Rock ließ auch nicht viel anderes erwarten. „Jeder Helfer ein Streifen auf deinem Rock?" fragte ich weiter. – „Ganz so viele waren es nicht", meinte sie dazu, „und übrigens: niemand hinterlässt etwas auf meinem Rock." – Was sie wohl damit meinte? Ich sagte aber nichts dazu, und Tom drängte auf die Abfahrt zum Olivenhain. Dieser war nicht sehr weit vom Bauernhof entfernt, und wir holperten auf einem abenteuerlichen Transportwagen mit Traktor zum Ernteplatz. Der Weg ging dem Meer entlang in Richtung der Badebucht, wohin mich Barbara bei unserer ersten Begegnung begleitet hatte, und von dort etwas weiter auf eine Anhöhe. Mit stetem Meerblick wäre es eine schöne Fahrt gewesen – wenn man auf dem Wagen nur etwas bequemer hätte sitzen können. Das Meer lud aber nicht mehr zum Bade, und der Himmel war von grauen Wolken überzogen. Während der Fahrt hatte ich Stella aus den Augen verloren und unterhielt mich mit anderen Helferinnen und Helfern. Sie berichteten mir vom Bauernhof und der angenehmen Stimmung dort, und dass sie auch deswegen gerne zur gelegentlichen Freiwilligenarbeit kämen. Die Atmosphäre sei sehr familiär, und es wäre auch schön, im Laufe des Jahres gelegentlich auf dem Hof zu Besuch zu kommen – man sei immer willkommen an diesem Ort.

„Hat es dich zu Stella verschlagen", sagte dann einer der Helfer neben mir, und ich wusste nicht, ob er es anteilnehmend meinte. „Weißt du, Stella entzieht sich allen Umgangsformen. Und sie ist wie ein Musikstück mit Konsonanzen und Dissonanzen, in welchem du ständig von unerwarteten Klängen überrascht wirst. Sie ist laut und leise, geistvoll und öde – ein wildes Wesen. Manchmal ist sie herausfordernd, und ich weiß nicht, wie viele Männer sie schon auf dem Gewissen hat." Das war nun eine sehr besondere Beschreibung von Stella, und ich fragte meinen Begleiter, ob er selbst entsprechende Erfahrungen gemacht hätte. „Ach ja", meinte er daraufhin etwas ausweichend. Nach einer Pause äußerte er sich aber doch noch etwas genauer: „Für mich war sie wie ein Klang aus weiter Ferne, dem man nicht näher kommen konnte. Und plötzlich schwoll er zum Donnergrollen an, und ich wusste nicht, wie mir geschah." Da konnte ich mich ja auf einiges gefasst machen, aber vielleicht lag es auch an ihm, dass sie sich so verhielt, überlegte ich mir. So war ich aber vorbereitet, auf was mir mit Stella zustoßen könnte. Ob mir Tom diese Begegnung absichtlich beschert hatte? Doch meinte er es vielleicht auch einfach gut mit mir und wollte mich nicht einer langweiligen Zusammenarbeit aussetzen, denn das war bei Stella nicht zu befürchten.

So begannen Stella und ich am ersten Baum mit der Olivenernte. „Du bist ein wunderbarer Mann, ich sehe es dir an", sagte Stella schon nach kurzer Zeit. Also die erste Herausforderung, dachte ich mir, und ich überlegte, ob sie das ernst meinte oder mir einfach eine Falle stellte. – „Ja natürlich", sagte ich daraufhin, „alle Frauen bewundern mich." Das war natürlich gelogen, aber ich dachte, ‚den Luftballon lasse ich mal steigen'. „Und was findest du Besonderes an mir?" fragte ich nach, um ihre Empathie zu testen. – „Ach, deine Augen, da werden mir die Knie weich", meinte sie daraufhin. – „Da musst du aufpassen, nicht mit deinem Rechen hinzufallen", sagte ich dazu. – „So also steht es mit dir", antwortete sie, und es war mir völlig unklar, was sie damit meinte. Offenbar befanden wir uns in einer Art Spiel, wo es darum ging, wer es besser konnte. Und so doppelte ich nach: „Dein Rock hat mich fasziniert und gleichzeitig auch aus der Fassung gebracht. Damit kann man doch keine Olivenernte bewältigen. Spätestens nach zwei Tagen bist du unnötig erschöpft." – „Gib nur zu, dass er dir gefällt", sagte sie daraufhin, „gehe ich richtig in der Annahme, dass du langweilige Frauen nicht magst?" – „Das ist möglich, aber ein bisschen mehr als die reine Provokation müsste schon sein", führte ich daraufhin unser Spiel fort. Und zugleich bekam es eine ernstere Note, weil sich andeutete, dass es um etwas Innovatives zwischen zwei Menschen gehen könnte. Die implizite Frage war, was denn ‚nicht langweilig' sei. Das musste auch Stella so empfunden haben, denn sie fragte etwas ernsthafter: „Was ist ‚nicht langweilig' für einen Menschen wie dich?" Das war nun wiederum nicht leicht zu beantworten, und so widmete ich mich vorerst gerne der Erntearbeit.

Die Oliven fielen in das unter dem Baum ausgelegte Netz, und es war eine Freude zu sehen, wie sie darin herumpurzelten. Die Äste mit den vielen Oliven waren leicht zu ‚kämmen', und ich dachte, dass diese Arbeit nicht langweilig sei, auch wenn sie sich wiederholte. „Es ist die Freude, welche einen Menschen lebendig macht", sagte ich dann in Anlehnung an meinen Eindruck von den purzelnden Oliven. – „Und die Liebe?" fragte Stella dann unvermittelt, „genügt Freude?" – „Die Liebe ist nicht zu bewerkstelligen", antwortete ich, „sie kommt und geht wie sie will. Die Freude ist etwas weniger anspruchsvoll und kommt schneller." – „Wirklich?", forderte mich Stella heraus. Und da fragte ich mich nun, wo Stella tatsächlich stand. War sie weise, trotz ihres burschikosen Auftretens? – „Die Liebe ist von größerer Weite, als wohin die Menschen reichen können", präzisierte ich daraufhin, „sie ist umfassend. Man könnte sogar sagen, dass es nichts anderes gibt als die Liebe." – „Das Niederträchtige wäre dann auch Liebe?" folgerte Stella. – „In einer gewissen Weise ja." Und nach einer Pause fügte ich hinzu: „Natürlich nicht auf der Ebene von Moral. Aber in einem weiter gefassten Sinn: Man könnte sagen, dass die Lebenskraft Liebe ist. Sogar dann, wenn sie in unseren Augen ungut wirkt. Viele Menschen können das aber nicht verstehen." Plötzlich waren wir in ein ernsthaftes Gespräch verwickelt, und ich war gespannt, wie Stella es weiterführen würde. – „Das kann auch ich nicht verstehen", antwortete sie aber nur. Wohl meinte sie dies nicht in einem konventionellen Sinne, und so bestätigte ich: „Niemand kann es verstehen, und es ist unbeschreiblich."

Daraufhin arbeiteten wir wieder schweigend am Olivenbaum, bis er ganz abgeerntet war. Die Oliven füllten wir aus dem Netz in einen Korb und ließen ihn dort stehen, auf dass er später mit dem Traktor abgeholt würde. Und wir wechselten zum nächsten Baum, wobei ich dachte, dass es schön wäre, wenn er auf uns warten würde. Mir schien, dass er seine Früchte gerne zum Wohle der Menschen hergab, die sich auch um ihn gekümmert hatten. Doch eigentlich waren die Bäume ja einfach Bäume und folgten dem, was ihnen aufgegeben ist. Erst die Menschen hatten sie zu Fruchtbäumen herangezüchtet, und dafür mussten sich letztere auch nicht bedanken. Wir gingen aber durchaus liebevoll mit den Ästen dieses nächsten Baumes um, und es schien mir, als wäre das Geben und Nehmen der Früchte ein einziger Akt, vielleicht sogar einer der Liebe.

„Kannst du lieben?" fragte mich Stella dann unvermittelt, und sie bezog meine vorherigen Äußerungen damit aufs Konkrete. „Wenn alles Liebe ist, wie ist es dann für Männer mit den Frauen?" – „Das sind zwei Ebenen", antwortete ich, „während das große Sein in allen Erscheinungen liegt und die Welt sich gewissermaßen selber liebt – also einfach Liebe ist –, sieht es vom Standpunkt der einzelnen Erscheinung her etwas anders aus." – „Worin liegt denn da der Unterschied?" wollte Stella nun wissen, „ist die menschliche Liebe nicht immer auch die große Liebe allen Seins?" – „Ja schon", antwortete ich daraufhin etwas verlegen, „aber man liebt doch nicht alle Menschen im gleichen Masse." – „Also doch ein Unterschied zwischen umfassender und konkreter Liebe?" forderte mich Stella heraus.

Um die Thematik zu vertiefen, versuchte ich den Ball Stella zuzuspielen: „Gibt es eine Liebe zwischen Menschen, die von keinerlei Abhängigkeit geprägt ist? Eine Liebe, die ganz ohne Erwartungen ist?" – „Erwartungen erkennst du erst im Nachhinein", antwortete sie, während sie sich an den nächsten Ästen zu schaffen machte. „Oft tun die Menschen so, als hätten sie keine Erwartungen, und das geht solange gut, wie die Situation ihren Vorstellungen entspricht. Es ist aber eine Kunst, ohne Erwartungen zu lieben." – „Etwa im Sinne, ‚was geht es dich an, dass ich dich liebe?', wie es in einem Lied heißt?" fragte ich nach. „Ja, sofern damit keine Erwartungen verbunden sind. Aber selbst wenn Du mit Erwartungen liebst, ist es zugleich die große Liebe allen Seins, wie du gesagt hast." Und nach einer Weile fügte Stella an: „Fühlst du das, was wir die ‚große Liebe des Seins' genannt haben, wenn deine Erwartungen enttäuscht werden?" So spielte mir Stella den Ball zurück und machte die Fragestellung persönlich. – „In gewisser Weise ja, auch wenn es nicht leicht ist", antwortete ich. „Immerhin sehe ich nicht nur Enttäuschung, Verzicht und Leiden. Ich weiß zwar, dass jede Liebe Leiden beinhaltet, aber sie ist auch Freude. Nur beide Pole zusammen sind das Ganze, die ‚große Liebe des Seins'."

Unser Gespräch hatte eine weitere Wendung genommen, und ich fragte daraufhin: „Denkst du nicht auch, dass es in Liebesdingen immer ein Dilemma gibt – einerseits die ‚große Liebe des Seins', und andererseits die individuelle Form?" – „Vielleicht", antwortete sie, „wenn du an der Form hängst." – „An einer bestimmten Beziehungsform oder an einer Vorstellung von mir selbst?" fragte ich nach. „Es ist dasselbe", meinte Stella dazu. Wir schwiegen eine Weile, und ich dachte, dass Stellas Frage, ‚kannst du lieben' darauf abzielte, ob es bei mir auch unter widrigen Umständen eine ganzheitliche Sicht gäbe. Während wir weiter mit der Ernte beschäftigt waren, fragte ich bei Stella nach: „Meinst du mit deiner Frage, ob ich lieben könne, ob da unabhängig von konkreten Gegebenheiten das Ganze, die ‚große Liebe' gegenwärtig ist?" Stella sagte nichts daraufhin – vielleicht weil sie meine Gedanken nicht mit Worten stören wollte. Eine innige Stimmung prägte nun unsere Arbeit an den Bäumen, und es schien mir, als läge sie auch über den Bäumen und in der Landschaft. Als wir an einem weiteren Baum arbeiteten, fragte sie mich nochmals und direkter: „Kannst du mich lieben? Liebst du mich?", aber die Frage war weiter und grösser, als sie üblicherweise gestellt wird. Da gab es zwar ein ‚du' und ein ‚mich', aber in Stellas Frage lag mehr. Sie wies auf das hin, was Liebe tatsächlich zu sein vermochte. Und dies geschah nun hier – in dieser Welt, welche Mauro als Traum bezeichnete. Mauro war alles unwirklich geworden – er selbst und die Welt, und damit auch jedes Liebesgeschehen, ob es nun als schön und erfüllend oder leidvoll erlebt wurde. Er war wohl zu einer ganzheitlichen Sicht gelangt und brauchte nicht mehr aufzuteilen in ‚große Liebe' und zwischenmenschliche Liebe, und auch nicht mehr in ‚gut' und ‚schlecht', oder in ‚erwünscht' und ‚unerfüllt'. Die Einschätzungen von ‚gut' und ‚schlecht' waren der Traum. Und wie immer man es nannte, ob Traum oder eine irgendwie geartete ‚Realität', schien mir nun nicht mehr wichtig. Dies waren einfach Begriffe für etwas, das letztlich nicht erfasst und beschrieben werden kann.

Mit solchen Gedanken arbeitete ich zusammen mit Stella weiter von Baum zu Baum, und über lange Zeit schwiegen wir. Das angestoßene Thema ging mir aber nicht mehr aus dem Kopf. Wie verhielt es sich nun mit Liebe und zwischenmenschlicher Beziehung in dieser Welt, die ein Traum und zugleich real war, oder auch keines von beiden? Liebe schien mit Gegenwart zu tun zu haben, und Beziehung eher mit Vergangenheit – war das richtig? Oder war Liebe allgemein und Beziehung spezifisch? Die Beziehungen zu verschiedenen Menschen erschienen mir als in der Gegenwart abrufbar – als würden sie im Hintergrund warten, bis sie wieder in Erscheinung treten könnten. Es wäre ja nicht möglich, ständig und gleichzeitig in allen Beziehungen zu stehen, so wie es auch unmöglich ist, gleichzeitig an all das zu denken, was man einmal gelernt hat. Und wenn ich nun eine Beziehung in die Gegenwart rief, so schöpfte sie aus der Vergangenheit – man könnte sie als Konglomerat von bisherigen Erfahrungen mit einem Menschen verstehen – und doch war sie einfach jetzt, gerade als das, was sie gegenwärtig zu sein vermochte. Sie war nicht die Fortsetzung von Vergangenheit, sondern vielmehr ein Zustand der Gegenwart. Und mit der Liebe mochte es sich ähnlich verhalten, so dachte ich mir nun. Eine Liebe, die aus der Vergangenheit schöpft oder irgendwelche Erwartungen in die Zukunft setzt, konnte doch keine wahre Liebe sein. Eine tiefergehende Liebe würde vielmehr ohne Vergangenheit und ohne Zukunft sein. Dann bestünde die Kunst des Liebens – auch wenn sie wohl von niemandem aktiv gemacht werden könnte – darin, ohne Erinnerungen und ohne Zukunftsgedanken zu lieben, nur in Gegenwart existierend. Nicht etwas wieder haben zu wollen, was einmal war, nichts zu erhoffen, was später sein könnte, nichts zu befürchten und nichts zu erwarten – wäre das Beziehung in Liebe? Und doch – solche Erklärungen waren wiederum der ‚Traum', denn eigentlich bestand stets nur das Unfassbare, hier erscheinend als individuelle Beziehung und Liebe.

Nun rief Tom mit lauter Stimme zum Mittagessen, und da bemerkte ich erst, dass ich hungrig geworden war. Stella hatte lange nichts mehr gesagt, doch nun rief sie laut „wunderbar". Sie schien sich sehr auf das Essen zu freuen. Wir legten unser Arbeitsgerät beiseite und konnten schon auf mehrere prall gefüllte Körbe zurückblicken, welche unsere Spur zwischen den Bäumen säumte. „Du hast lange nichts mehr gesagt", meinte Stella dann zu mir, „hat dich die Liebe verwirrt?" – „Nicht die Liebe selbst, sondern die Frage danach. Die Frage nach ihrem Wesen. Was ist das überhaupt? Und was ist Beziehung, die sich auf Liebe beruft? Darüber habe ich nachgedacht", antwortete ich. – „Und bist du zu einem Ergebnis gekommen", wollte sie wissen, als wir zum Traktor mit dem Anhängerwagen gingen, der für unsere Rückfahrt bereitstand. Langsam fuhren wir den holperigen Weg entlang, und in dieser Zeit schwiegen wir. Beim Bauernhof angekommen traten wir etwas beiseite, und Stella sagte zu mir: „In einer tatsächlich liebenden Beziehung gibt es nur die totale Unabhängigkeit. Und dies in jeder Begegnung, sonst ist man verloren." Das war eine herausfordernde Feststellung, doch sie deckte sich mit meinen Gedanken über eine liebende Beziehung ohne Urteile. Und Stella fügte an: „Weißt du, Beziehung ist reines Geschehenlassen. Und dabei kann es in der Verbindung zweier Menschen Resonanzen geben wie im Zusammenspiel von Musikinstrumenten. Du musst Dir darunter aber keine harmonisch barocke Komposition vorstellen, sondern vielmehr etwas wie die klassische ‚Neue Musik', die sich im wilden Zusammenspiel von Musikinstrumenten ergeht." Das erinnerte mich an die Worte jenes Helfers, der Stella mit einem wilden Musikstück verglichen hatte. – „Meinst du, echte Beziehung ist ohne konventionelle Struktur, und doch gibt es einen Komponisten?" fragte ich nach. – „Ja so etwa", antwortete sie, „aber die Beteiligten sind nicht der Komponist. Die Beziehungsmusik ist manchmal still und manchmal laut, und nie hat sie etwas mit Vorstellungen zu tun. Ohne Absicht zu lieben ist eine große Kunst." Stella schien einiges von Liebe zu verstehen – und ihre Erkenntnisse hatte sie wohl aus dem eigenen Leben geschöpft. Offenbar war sie zum Schluss gekommen, dass Beziehung reines Geschehen sei, wie sie gesagt hatte, und alles andere wäre Interpretation.

Noch bevor wir zum Essen gehen konnten, fragte sie mich noch: „Wie ist es denn mit der Verlässlichkeit in Beziehungen? Gibt es für dich so etwas?" Offenbar wollte sie prüfen, ob ich ihre vorherigen Erwägungen verstanden hatte, oder auch, ob wir im Leben zu ähnlichen Erkenntnissen gekommen seien. Und so antwortete ich: „Verlässlichkeit in einer Beziehung könnte auf Erfahrung mit einem Menschen basieren. Aber letztlich wissen wir nie, was geschehen wird, und insofern ist auf nichts Verlass. Das Leben, die Liebe und die Beziehungen sind doch wie ein Feuer, das nicht zu bändigen ist. Es erhellt alles, und es verbrennt alles." – Nach einer Pause fragte sie: „Alles vergeht einmal und hat deshalb keine wirkliche Substanz, auch die Liebe – meinst du das?" – „Nicht weil es vergeht, sondern weil es seinem Wesen nach ohne Substanz ist", antwortete ich mit Bezug auf Mauros Traumwelt. Und doch war es eine Traumwelt voller Leben.

Nach den meisten Erntehelfern traten nun auch wir in die Küche und setzten uns an den großen Tisch. Er war für viele Personen gedeckt, und die Suppenschüssel dampfte einladend. Barbara hatte sich große Mühe gemacht, alle gastlich zu bewirten, und wir freuten uns über das währschafte Mahl. Zum Nachtisch brachte sie dann wunderbare Pfannkuchen, die alle sehr liebten, und so waren sie schnell aufgegessen. Zur Mittagspause setzten oder legten wir uns irgendwo hin – die einen mit einem Kaffee, und andere dösend auf neue Kräfte hoffend. Nach längerer Zeit tanzte Stella plötzlich durch die Küche und sang: „Alles lassend bleibt Liebe; alles vergessend bist Du". Die Dösenden schreckten etwas verwundert auf, und einige lächelten – sie kannten Stella ja. Ob sie aber auch von ihrem Verständnis wussten, und von ihrer inneren Haltung, die viel mehr war als Provokation? Niemand antwortete direkt auf ihren Gesang, doch erhoben sich bald einige, tanzten mit und sangen aus voller Kehle, jede und jeder nach eigenem Vermögen. Das erinnerte mich an die Musikinstrumente, von denen Stella gesprochen hatte, und die wir nun alle waren. Sogar Barbara, die sich im Allgemeinen zurückhaltend zeigte, sang und tanzte mit. Dabei dachte ich an unsere Beziehung, die nicht fassbar war, so wie Stella und ich es besprochen hatten. Sie war nicht das Ergebnis von Gewesenem und nährte sich nicht aus einer Zukunftsvorstellung. Sie war einfach das, was sich gerade ereignete, und dies war jetzt ein fröhlicher Tanz. Da war einfach Gegenwart, und was konnte das Leben denn sonst sein?

Die weitere Woche im Olivenhain verlief in ähnlicher Weise wie der erste Tag. Morgens kamen wir aber zu unterschiedlichen Zeiten zur Plantage, wobei einige weiterhin mit dem Wagen vom Bauernhof fuhren und andere einen direkten Weg aus ihrem Wohnort nahmen. Da der Hain ziemlich senkrecht unterhalb meines kleinen Steinhauses lag, ging ich jeweils geradewegs zur Erntearbeit, und ich war auch nicht immer mit Stella zusammen. Die Aufteilung der Helfenden ergab sich jetzt eher nach Ankunftszeit – wer gleichzeitig eintraf, arbeitete auch zusammen. Als Stella und ich aber wieder einmal zusammen waren, fanden wir zu unserem früheren Austausch zurück. „Es ist das offene Herz, worin sich die Liebe manifestiert", sagte sie nach unserer Begrüßung und einigen einleitenden Worten. Dem stimmte ich gerne zu: „Im offenen Herzen verbindet sich die konkrete Liebe mit dem, was wir die ‚große, umfassende Liebe' allen Seins genannt haben. Als wäre es ein Schnittpunkt, wo sich die konkrete Liebe zwischen Menschen in jene Dimension ausweiten kann, in welcher die Liebe alle Menschen und das ganze Dasein umfasst." Stella sagte nichts dazu und widmete sich den Oliven. Vielleicht erinnerte sie sich an Erfahrungen, die sie mit der Liebe gemacht hatte, denn sie schien mir recht nachdenklich. Nach einer Weile sagte sie dann: „Selbst wenn eine Beziehung zu Ende geht, kann sie sich in das große Dasein ausweiten und zu einer Liebe für alle Menschen werden. Dann vielleicht sogar besonders." Ihre Worte hatten etwas Trauriges an sich, und ich hatte Mitgefühl mit Stella. Sie musste erlebt haben, wie ihr der Verlust einer Liebesbeziehung sowohl

Schmerz wie Ausweitung zugleich gewesen war. „Das liebende Herz verliert sich innerhalb der Beziehung in die Einheit des Daseins, und mehr noch zu ihrem Ende", sagte sie weiter dazu und bestätigte meine Vermutung. Und sie fuhr fort: „Im Verlust wird die Größe des Herzens sichtbar, aber das liebende Herz ist nichts Persönliches. Man könnte sagen, dass die gelebte Liebe persönlich und unpersönlich zugleich ist – sie reicht von der Erde bis zum Himmel." So weit hatte sich Stellas Herz offenbar geöffnet, und der Himmel hatte Einzug gehalten. Das zu fühlen war berührend. Wir schwiegen lange, und ich sagte dann: „Deine Liebe ist weit und groß. So wie du gesagt hast, dass sich die Liebe im offenen Herzen manifestiert, so ist es dir offenbar geschehen, und schließlich ist deine Liebe in der ‚allumfassenden Liebe' aufgegangen." Stella war gerührt, und ich glaubte, in ihren Augen Tränen zu sehen. „Es tut mir leid um das, was du erlebt hast", sagte ich dazu, ohne nachzufragen, was geschehen war. – „Im Menschen konkretisiert sich die ‚große Liebe', von der wir früher gesprochen haben, und sie zeigt sich manchmal als Glück und manchmal als Schmerz", antwortete sie. – „Und weil sie ihrem Wesen nach das Individuell-Menschliche übersteigt, ist sie groß", ergänzte ich, „ich spüre es in dir." Wir schwiegen eine Weile, bis Stella sagte. „Das ‚offene Herz' ist nur ein anderes Wort für die Liebe." Wieder war es still zwischen uns. Schließlich fügte ich an: „Das wahre Herz ist unfassbar – auch Deines." – „Alles verliert sich in der großen Weite', sagte Stella dazu, und es war, als verklinge auch ihre Stimme in der großen Weite.

An den folgenden Tagen war ich mit anderen Helfern zusammen, wo sich die Gespräche mehr um alltägliche Dinge drehten – um die Oliven, welche dieses Jahr offenbar von besonderer Qualität und Größe waren, sodass sie pro Kilo mehr Öl als üblich hergaben. Wie ich erfuhr, waren die Oliven auch weniger von Schädlingen betroffen, was den Ausschuss durch verdorbene Früchte verringerte. Einige erzählten mir während der gemeinsamen Arbeit auch von ihren Lebensumständen, die in einigen Fällen von Kargheit geprägt waren. Ihnen gab die Olivenernte auch eine gute Gelegenheit, einen Zuschuss an den Lebensunterhalt zu verdienen. Gelegentlich berichteten sie auch von ihren Kümmernissen – mochten sie Streitigkeiten aus dem Gefühl ungerechter Behandlung, gesundheitliche Probleme oder auch unerfüllte Hoffnungen betreffen. Gerne hörte ich ihre Schilderungen, und gelegentlich sagte ich etwas dazu, wenn mir schien, dass es eine Hilfe zur Orientierung oder auch zur Relativierung von Fixierungen sein könnte. Manche Probleme ergaben sich ja erst durch die Einschätzung der Betroffenen, und eine neue Sichtweise konnte allenfalls helfen, diese zu verändern. Und manchmal erzählte ich auch etwas vom Leben im kleinen Steinhaus oder von meinen Begegnungen – sei es, dass ich danach gefragt wurde, oder auch einfach, weil ich das Bedürfnis hatte.

Am letzten Abend der Olivenernte richteten Tom und Barbara ein besonderes Essen aus. Sie wollten mit uns den guten Ernteertrag feiern – eine Art Erntedankfest, wobei sich der Dank sowohl an die Natur wie auch an uns Helfende richtete. Der Tisch war mit einem hellen Tuch und mit Oliven an Zweigen darauf festlich gedeckt, und die Speisen waren in verschiedenen Schalen angerichtet, die herumgereicht wurden. Das Gemeinschaftsgefühl, das durch die Ernte entstanden war, verdichtete sich in diesem Mahl zur Verbundenheit von uns Menschen untereinander und ebenso mit der Natur. In Ihrem Kreislauf aufgehoben waren wir Genährte und Nährende zugleich, gesättigt und aufbauend – alles dieses eine Leben, das sich stets erneuert. Zum Schluss des Essens kamen wir in ein Gespräch, das an solche Themen anknüpfte. Es ging um die Frage, was das Leben selbst sei, das sich in uns und in den Früchten manifestierte, in unseren Gedanken und im gemeinsamen Dasein. Für die einen war es gar keine Frage – es war einfach so: wir saßen am Tisch und aßen und redeten. Und für andere war es insofern ein Thema, als sie sich fragten, weshalb sich das Leben gerade in diesem Kreislauf gestaltete. Dann gab es einige, welche sich fragten, warum die Menschen dieses oder jenes tun. Wenige aber glaubten, nicht wissen zu können, wodurch sich das Leben gestaltete. Sie spürten eine Unermesslichkeit, über die zu sprechen ihnen schwer fiel. So vielfältig war der Kreis der Helfenden am Küchentisch, Tom und Barbara eingeschlossen.

„Das Essen war wunderbar", sagte einer aus der Runde nach der Mahlzeit, und es war nicht klar, ob er etwas über die guten Speisen aussagte, ob er die Köchin loben wollte, ob er über das gemeinsame Zusammensein sprach oder ob er mit dem ‚Essen' mehr meinte als nur das Mahl, das wir genossen hatten. – „Es war herrlich", bestätigte Stella, und ein anderer

Helfer äußerte sich lobend über die Vielfalt der Gerichte. Tatsächlich war bei den verschiedenen Speisen jede und jeder auf die Rechnung gekommen. Und es schloss sich ein längeres Gespräch darüber an, wie die einzelnen Gerichte zubereitet worden waren. Dafür schien sich Stella nun weniger zu interessieren, und so sagte sie nach einer Weile zu allen: „Wisst ihr eigentlich, dass Barbara ihre Gerichte mit guter Hand, Herz und einem unendlich weiten Geist zubereitet?" Offenbar hatte Stella einen inneren Zugang zu Barbara und kannte deren innere Welt durchaus. Das interessierte mich, weil mir Barbara nahe stand, und ich nun vermutete, dass die beiden Freundinnen sein könnten. So fragte ich, was sich denn in beider innerer Weite verbinde: „Ihr habt offenbar einen inneren Bezug zueinander, der mit einem ‚weiten Geist' zu tun hat. Wie verhält es sich denn damit?" – „Das ist schwer zu sagen", antwortete Stella. „Es ist nicht eine gemeinsam gelebte äußere Lebensform, die uns verbindet, und es geht auch nicht wesentlich um Gefühle. Auch gehen wir nicht in ähnlicher Weise mit den Herausforderungen des Lebens um." – „Solche Gemeinsamkeiten sind die Basis von ‚normalen' Freundschaften, aber darum geht es bei uns nicht", ergänzte Barbara. – „Es gibt also einen Ort Eurer Verbindung, der mit einem wenig fassbaren Geist zu tun hat?" fragte ich nach, und Barbara antwortete: „Es gibt keinen Ort dafür, weil es da keine Form gibt. Es ist eher wie ein absolut unbeschreibliches Feld. Darin verbindet sich aber auch nichts, weil es schon Einheit ist. Das Dilemma ist, dass es dennoch eine Erlebnisebene gibt." – „Eine Verbindung, die also viel eher Einheit ist, als dass sie einen Kontakt darstellt, und die nicht beschrieben werden kann?" fragte ich. „Und da es in der Einheit keine Verbindung gibt, wird die Einheit von euch dann ‚gemeinsam' wahrgenommen?" – „Es ist nicht beschreibbar", antwortete Barbara, „sonst wäre es ja etwas Konkretes. Und das ist es nicht."

„Und aus dem Unkonkreten bäckst du Kuchen?" fragte dann einer der Helfer, „nicht nur mit Zutaten und Gefühlen, sondern mit etwas Unbegreiflichem?" – „Auch wenn du es vielleicht nicht ernst meinst, könnte man es so sehen", antwortete Barbara. „Es ließe sich auch sagen, dass sich der Kuchen selber bäckt und ich einfach dabei bin." – „Und im ‚Kuchen-selber-backen-lassen' – seid ihr dann miteinander verbunden, wenn ihr gemeinsam beim Herd steht?" fragte daraufhin eine der anderen Helferinnen. Während Barbara und Stella vielleicht nachdachten, wie sie das erklären könnten, brachte Benin, den ich von seiner Einladung zur Ernte her kannte, die Sache konkret auf den Punkt: „Stella war beim Backen ja gar nicht dabei." Tom verdrehte derweil etwas die Augen – das ganze Gespräch schien ihm wohl etwas eigenartig, und er hätte vielleicht lieber nochmals ein Stück vom Kuchen genommen. Das tat er denn auch, und sichtlich befriedigt aß er dieses in kurzer Zeit auf. Er schien die Küche von Barbara zu schätzen, mit oder ohne deklarierten Geist, und in diesem Sinne war er ganz präsent. Vielleicht war sein Vorteil, dass er sich nicht in derartigen Gedankengängen verlor, und das war möglicherweise auch für Barbara gut. Wie hätten sie sich denn unterhalten können, wenn beide in einem Zustand von weitem ‚Sein' verharrten?

Einige der anderen Helferinnen und Helfer gossen Kaffee oder Tee nach und schwiegen, und ich fragte mich, ob es ein respektvolles Schweigen war, oder eher ein gelangweiltes. Das Gespräch war ja auch schwierig, wenn so viele verschiedene Menschen aufeinander trafen und miteinander in einen gewissen Austausch kamen. Die im Raum stehende Frage nach der Beziehung von Stella und Barbara konnte ja verschiedene Ebenen ansprechen – gefühlsmäßige und lebenspraktische, und auch die Inspiration, eine Zielorientierung oder die Sinnlichkeit – eigentlich alle Lebensbereiche. Und doch ging es in unserem Gespräch nicht darum. Vielmehr war die Erscheinungswelt und die unfassbare Grundlage allen Seins gemeint, und die Frage, wie sich beide in der Lebenspraxis zueinander verhielten. Diese Frage stellte ich nochmals in die Runde, und Barbaras Antwort kam umgehend: „Sie verhalten sich nicht zueinander – sie sind dasselbe." – „Alle Erscheinungen wären also zugleich ihre eigene Grundlage?" fragte dann einer. – „Wie du es nennen willst", antwortete nun Stella. „Es ist wie ein gordischer Knoten, den du aber nicht durchschneiden kannst. Die Unfassbarkeit des Seins ist von den Erscheinungen nicht getrennt, und Probleme in der äußeren Welt lösen sich oft nur auf dieser anderen, unfassbaren Ebene. Und dies, obwohl es letztlich gar nicht zwei Ebenen sind. Es ist verwirrend, und wir können es mit dem Verstand nicht wirklich begreifen."

Tom folgte dem aufmerksam, und doch war mir nicht klar, ob er verstand, wovon Stella sprach. Und ob er damit Zugang hatte zum unfassbaren Sein, worum es Stella und Barbara ging. Vielleicht war er ein Lebensphilosoph, einer der sich im praktischen Leben gut und auch tiefsinnig verhielt, und doch kein Philosoph des Lebens, weil er nicht darüber reflektieren und sprechen konnte. Tom lebte das vor, wovon Barbara sprach – er brachte all dies praktisch zum Ausdruck. Seine Arbeit führte zu einer wunderbaren Olivenernte, und dass das Öl sehr gut werden würde, hatte er vorausgesagt. Sein Tun und sein Dasein waren eins, und ich vermutete, dass andere ihn deswegen mochten und auch gerne für ihn arbeiteten. Schließlich meldete sich noch jemand zu Wort: „Was ihr da besprecht, kann ich nicht verstehen. Warum macht ihr euch das Leben so schwer? Könnt ihr nicht einfach den Kuchen genießen?" Das war natürlich auch die Konsequenz des bisherigen Gesprächs. Angesagt war das, was tatsächlich geschah: wir aßen und genossen Barbaras Kuchen. „Die Kuchen sind wunderbar", stellte Stella daraufhin noch einmal fest, und ich fühlte, dass in diesem Satz alles enthalten war, worum es ging. Nicht nur dem Inhalt ihrer Aussage nach, sondern auch deren Qualität nach. Bereits ihre Worte waren das Ganze – sie waren Ausdruck der Einheit von Erscheinung und tiefem Sein. Aber das vorher Gesagte war es ebenso. Es verhielt sich damit nicht anders als mit der Liebe, worüber wir während der Ernte miteinander gesprochen hatten. Auch sie war genau das, was geschah – unabhängig davon, wie wir darüber dachten.

Langsam kam dieses wunderbare Nachtessen des Erntedanks zu seinem Abschluss. Die ersten Helfer erhoben sich vom Tisch und verabschiedeten sich von den Gastgebern und von uns allen. Es war eine herzliche Stimmung, die sich entwickelt hatte, und sie löste sich auch nicht auf, wenn die Einzelnen nun nach und nach ihrer Wege gingen. Alle nahmen wir die Atmosphäre mit. Und wenngleich ich von der strengen Arbeit und dem üppigen Essen müde war, so war mir doch auch wehmütig zumute. Ich bedauerte, dass diese Woche intensiven Zusammenseins nun zu Ende war, denn ich gehörte nun etwas zum Kreis der Menschen im Bauernhaus. Zum Abschluss des Tages zeigte sich die Tochter von Barbara und Tom kurz, und ich freute mich, Amanda zu sehen. Sie gehörte mitten in den Kreis des Bauernhofes, an dessen Rand ich mich befand, und ich kam mir fast vor, als wäre ich ein entfernter Onkel. Fast wie Andro der Onkel von Barbara und Tom war, in dessen Haus ich nun wohnte, nur weniger nah. An diesem Abschlussabend hatten sich die Lebensumstände von uns allen in vielfältiger Weise miteinander verbunden, und niemand hatte es geplant und gemacht. Und genau dies war das Leben selbst. Erfüllt ging ich durch die nächtliche Dunkelheit nach Hause, und der helle Mond leuchtete mir den Weg.

Es war schon Winter, als mich Julian und Grischa wieder besuchten. Vor längerer Zeit waren sie zusammen mit Laura aus der Stadt zu mir gekommen, und sie hatten mir von ihrer ‚Institution des Geistes' erzählt, einem Seminarort, wo es um ‚Entwicklung, Befreiung und Heilung' ging, wie sie sagten. Ich war dazu etwas skeptisch eingestellt, aber weil Jeduschin mir die drei geschickt hatte, unterhielt ich mich damals länger mit ihnen. Sie hatten ihn für einen Vortrag in der Stadt gewinnen wollen, wobei es um Erfahrungen mit Einsamkeit und Stille gehen sollte, was für die Städter doch sehr lehrreich wäre. Jeduschin hatte sie jedoch an mich verwiesen, da er für solche Unternehmungen nicht zu haben war. Wir hatten uns bei ihrem damaligen Besuch über den ‚Geist' und ihre Gedanken über ‚das Eine, das alles ist' unterhalten. Für die Widersprüchlichkeit, das ‚Eine' lehren zu wollen, hatte sich in unserem Gespräch vor allem Grischa geöffnet.

„Wie geht es euch jetzt", fragte ich sie, „und wie hält ihr es mit der Vermittlung des ‚Einen', wofür ihr letztmals so eingestanden seid?" – „Wir haben uns erlaubt, wieder zu kommen, weil wir über manches nachgedacht haben, was du damals sagtest", antwortete Grischa. „Es ist schon so – über das, was ‚alles' oder ‚das Eine' ist, kann nicht gesprochen werden." – „Es steht zu nichts in einem Gegensatz und hat keine Eigenschaften. Deshalb ist es unbeschreibbar", ergänzte ich. „Und wie habt ihr es nun mit der Lehre?" fragte ich weiter. – „Das Unfassbare kann nicht gelehrt werden, das ist uns inzwischen auch klar", meinte Julian, der seinerzeit noch mehr auf einer Lehrmöglichkeit beharrt hatte. – „Aber ihr hattet natürlich recht – viele Menschen suchen Unterstützung auf dem, was sie als ihren Weg erfahren. Auch wenn es im Letzten keinen Weg gibt, so ist ihr Anliegen doch verständlich. Wie geht es denn mit euren Kursen?" wollte ich weiter wissen. – „Viele Menschen kommen zu uns, auch wenn wir wissen, dass ihre ‚Fortschritte' innerhalb ihrer Selbstwahrnehmung als Person liegen. Wir selber können uns allerdings auch nicht anders verstehen" Das war eine ehrliche Stellungnahme, und offenbar wussten Grischa und Julian nun von ihren Grenzen. – „Wir sind gekommen, um dich zu fragen, ob du bei uns in der Stadt nicht doch einen Vortrag halten würdest. Jeduschin hatte uns seinerzeit zu dir geschickt, weil er dich für den geeigneten Redner hielt, und du hast es bei unserem letzten Besuch ja auch nicht abgelehnt." Das stimmte nun wieder, denn wenngleich ich auf solche Auftritte nicht versessen war, blieb ich bei entsprechendem Interesse doch dafür offen. Es war mir einfach ein Anliegen, dass die Erwartungen nicht mit meinen Möglichkeiten kollidierten. Beim letzten Besuch war ich mir da nicht sicher, und so hatte ich die Sache offen gelassen. Nun schien mir aber, dass ich es riskieren könnte, selbst wenn mir das städtische Publikum nicht ganz leicht zu folgen vermöchte. Die Kunst lag darin, die Weite des Daseins als Thema so zu umkreisen, dass vielleicht spürbar würde, um was es ging, obwohl nicht direkt davon gesprochen werden konnte. Im Grunde würde ein Gongschlag genügen, der bereits ‚alles' und ‚das Ganze' ausdrückt – wenn die Menschen es nur fühlen könnten. Oder auch der Gesang eines Vogels oder ein anderes Ereignis. Nichts konnte ja vom ‚Ganzen' getrennt werden, und so war alles dessen Träger.

Nach einiger Überlegung sagte ich zu, den Vortrag in der Stadt zu halten, und wir einigten uns auf den Arbeitstitel „Über das wahre Wesen kann nicht gesprochen werden". Das beinhaltete natürlich einen Widerspruch, denn ein Vortrag ist ja Sprechen, doch würde damit gleich angedeutet, um welche Schwierigkeit es ging. Mit anderen Dingen verhält es sich ja auch nicht anders – so kann etwa auch über das Wesen des Lebens nicht gesprochen werden, sondern nur über die Umstände. Und zugleich weisen alle individuellen Gegebenheiten ja immer über ihre Grenzen hinaus. Ein wahres Dilemma, in welchem sich jeder Redner befindet, der über solche Themen sprechen sollte. Grischa und Julian waren befriedigt, dass sie den Vortrag nun in ihre Planung aufnehmen konnten, und sie waren interessiert, wie ich mit der Schwierigkeit vor Publikum umgehen würde. Wir einigten uns auf einen Termin im Frühjahr und saßen dann bei Getränk, Tee und Gebäck noch etwas zusammen, bis sich die beiden auf den Rückweg machten. Im Nachhinein dachte ich, dass ich mich einer großen Herausforderung gestellt hätte, aber dass es auch gut wäre, diese anzunehmen. Was bei Jeduschin und im Steinhaus errungen worden war, durfte ja auch zum Ausdruck kommen, wenn es sich so ergab. Und die Stille der Winterzeit würde mir genügend Zeit lassen, den Vortrag vorzubereiten.

In dieser Winterzeit war Andro, der Hausbesitzer, schwächer geworden, und eines Tages überbrachte mir Barbara die Botschaft, dass er mir das Haus ganz überlassen würde, wenn ich dies möchte. Er meinte damit, dass ich es erwerben könnte, wenn mir danach wäre, und dass meine Ankunft in der Gegend damit gefestigt würde. In der Familie hätte niemand ein besonderes Interesse am Haus, und sie würden alle fühlen, dass ich gerne im Haus bleiben würde, und dass es auch schön wäre, wenn ich in dieser Weise mit ihnen allen verbunden bliebe. Da war ich doch eben erst bei der Olivenernte gewesen, und nun schien ich in der Gemeinschaft schon so aufgenommen worden zu sein, dass sich niemand dagegen wandte, wenn Andro das kleine Steinhaus mir überlassen wollte. Es würden klare Verhältnisse geschaffen, ließ mich Barbara wissen, und selbst Tom war offen für diesen Schritt. Er schien sich nicht vor dem Leben zu fürchten, das sich ja stets in einem Wandel befindet, und er sah es offensichtlich nicht als seine Aufgabe an, den Entwicklungen entgegen zu stehen – wie immer sie verlaufen mochten. „Wir möchten, dass du hier bleibst", sagte Barbara dazu, „und ich möchte es auch." – „Und wie soll es denn gehen mit uns", fragte ich etwas verunsichert. – „Nicht anders als jetzt", meinte Barbara, „mit aller Liebe von uns Menschen untereinander. Du hast mit Stella ja eingehend darüber gesprochen, wie es sich mit Beziehungen und der ‚großen Weite' verhält, die ihr auch ‚die große Liebe' genannt habt. Und übrigens bin ich froh, dass du mit ihr und nicht mit mir darüber im Austausch warst. Meine Antworten wären zwar nicht anders ausgefallen, aber es ist gut, wenn gewisse Dinge zwischen uns in der Schwebe bleiben können. Im Unausgesprochenen liegt ein Zauber." Dem konnte ich durchaus zustimmen, und doch – was spielte es im großen Universum für eine Rolle, wer was gesagt hatte? Wir waren beide frei von gegenseitiger Erwartungen, und das machte unsere besondere Art von Beziehung erst möglich. Weil wir gleichzeitig in der großen Weite und im täglichen Leben verankert waren, bedurfte unsere Beziehung nicht einer bestimmten äußeren Form, um zu bestehen. Unser beider Wesen ging vielmehr in jener ‚großen Liebe' auf, worin es nicht um Persönliches geht. So waren Barbaras Worte ‚ich möchte es auch' von großer Tiefe und Weite, und es musste und konnte nichts Bestimmtes daraus abgeleitet werden. Danach war mir auch nicht zumute, denn das kleine Steinhaus war mir eine große Heimat geworden, mehr als nur ein äußeres Haus, das einen beherbergt. Hier war ich in jeder Hinsicht ‚zuhause' – bei mir, in der Gegend, im großen Dasein, und verbunden mit allen Menschen.

So entschloss ich mich, diesen Schritt zu tun, um ganz in die Gegend zu ziehen, und zu den Menschen zu gehören, die mir lieb geworden waren. Sie gaben mir ein Gefühl wahrer Heimat, was viel mehr war als nur die Bereitschaft, in Notsituationen Unterstützung zu gewähren. Und zu diesem Schritt gehörte auch, die Sachen aus meinem früheren Leben zu mir kommen zu lassen und meine alte Wohnsituation aufzulösen. Solange der weitere Verlauf des Lebens unklar war, hatte ich diese noch aufrecht erhalten, doch das war nun nicht mehr nötig. Wie ich fühlte, bedeutete es aber einen großen Schritt, mich definitiv von einer Lebensform in eine neue zu begeben, und er fiel mir auch nicht leicht. Und zugleich spürte ich, dass er in mir Energien freisetzen würde, die mir in meinem neuen Leben zur Verfügung stünden, und die an nichts gebunden wären.

Die folgenden Tage begab ich mehrmals zu Andro, der – wie mir schien – bereit war, aus diesem Leben zu scheiden. Und damit ihn auf dem letzten Weg nichts mehr zurückhielte, wollte er seine hiesigen Angelegenheiten noch regeln. Die amtlichen Aufgaben für die Überschreibung des Hauses waren leicht zu erfüllen, und Andros großzügige Haltung hinsichtlich des anfänglichen Mietzinses zeigte sich ebenso in der Festsetzung des Kaufpreises. Da er ohne Kinder und Erben von dieser Welt gehen würde, war ihm dieser Preis auch nicht wichtig, und so orientierte er sich dafür an meinen Möglichkeiten. Mein Erspartes war hierzu gut eingesetzt, und ich freute mich, dass sich die Zahlen auf meinem Konto zu Stein verdichten würden – zu etwas, das sich anfassen ließ, und das Heimat zu geben vermochte.

Von besonderer Tiefe waren die Begegnungen mit Andro aber hinsichtlich seiner Bereitschaft, dieses Leben hinter sich zu lassen. Es würde sich in seine Essenz verdichten, meinte er einmal dazu, und dafür bräuchte es keine Form und auch keine Wiedergeburt, denn beides wären nur Fortsetzungen unserer Erscheinungswelt. Sie bezögen sich auf Raum und Zeit, und beides gehörte doch wohl nur unserer Welt an. Und man wisse ja nicht einmal, ob diese Welt außerhalb unserer Wahrnehmung überhaupt existiere, und so wäre vielleicht einfach ein Traum zu Ende. Davon hatte nun auch Mauro schon gesprochen, und mir schien, dass sich an der Schwelle des Seins solches Wissen findet – ob es nun nahe eines gefühlten Todes wäre, oder in einer inneren Schau läge, welche die Bedingungen dieser Welt transzendiert.

Ich fühlte, dass mir Andro nahe war und ich ihn sehr gerne mochte. Dies war nicht deshalb, weil er mir sein Haus übergeben wollte, sondern weil das innere Wesen von uns beiden in Einklang stand, und man nicht mehr sagen konnte, wem nun was zugehörte. Das betraf nicht nur das Haus, sondern ebenso unser Dasein, und so zeigten sich die äußeren und inneren Umstände von uns beiden als ein Ganzes. Selbst Andro einen Freund zu nennen, würde dem nicht gerecht – so dachte ich mir – auch abgesehen von unseren verschiedenen Lebensaltern. In gewisser Weise waren wir eins, und mir schien, dass sich dies jetzt besonders zeigte. Wir Menschen bedienten uns der Grenzen doch nur, um uns im Leben zurecht zu finden, so dachte ich weiter, und wie bedauerlich es doch sei, dass wir nicht in einer grenzenlosen Weise durchs Leben gehen könnten, wie es vielleicht unserer eigentlichen Natur entspräche. Aber solange wir an Grenzen festhielten, würde sich Erlösung nicht finden lassen, denn Freiheit wäre grenzenlos.

Anlässlich meiner Besuche bei Andro traf ich gelegentlich auch auf Barbara, und einmal waren wir zusammen bei ihm. Gerne empfing er uns gemeinsam, und wie er uns beiden in die Augen sah, fühlten wir, welch wunderbarer Friede von ihm ausging. Und zugleich schien mir in seinem Blick die Gemeinschaft entgegen zu kommen, die er in seinem Familienkreis lebenslang gepflegt hatte, auch wenn dies nicht immer zu seinem Vorteil war. Er schien mich darin einzuschließen, und es kam dabei weniger darauf an, wie die Verhältnisse genau waren, sondern wer sich in welchem Wissen bewegte. Das mochte auch eine stillschweigende Aufforderung beinhalten, mit den Lebensverhältnissen sorgfältig umzugehen, denn es war nicht mehr notwendig, dass Andro über solche Dinge sprach. Er machte ja ganz allgemein nicht mehr viele Worte, aber seine Augen drückten alles aus, was es zu sagen gab. Diese Begegnung von uns dreien prägte sich tief in mein Gedächtnis ein, und ich hatte bleibend erfahren, dass das Wesentliche ohne Worte gesagt werden konnte. In gesammelter Stimmung verabschiedeten wir uns nach diesem Treffen von Andro, und zwischen Barbara und mir gab es auch nachher nichts darüber auszutauschen. Andros großes Schweigen hatte uns beide erreicht, und wir wussten, dass die Lebensfragen darin besser aufgehoben waren als in allen Gesprächen.

Durch die Gunst von Andro wurde das kleine Steinhaus nun ganz zu meinem Haus, und eines Tages fuhr ein Wagen mit Anhänger bis auf die Waldlichtung und brachte mir die Utensilien aus meinem früheren Stadtleben. Freunde hatten sie für mich eingepackt und in mein neues Heim liefern lassen, damit ich das Haus weiter einrichten und mit einigen persönlichen Dingen beleben konnte. Sie ließen auch ausrichten, dass sie gerne einmal zu Besuch kämen, um zu sehen, wie sich mein Leben nun gestaltete, und ob es mir gut gehe. Da würde ich ihnen nun nicht viel Aufregendes berichten können, dachte ich mir dazu, aber vielleicht würden sie fühlen, um was es mir hier ging

– selbst wenn sie in einer anderen Welt lebten und auch dort bleiben würden. Sie hatten sehr wohl wahrgenommen, dass ich mich schon nach dem ersten Aufenthalt bei Jeduschin verändert hatte, und als ich fast zehn Jahre später wieder zu ihm ging, ahnten sie, dass ich vielleicht bleiben würde. So erstaunte es sie nicht gänzlich, dass es tatsächlich so gekommen war – und sie hielten es durchaus für folgerichtig, dass ich jenen Kräften treu blieb, die sich zunehmend verdichtet hatten. Auch das war ihnen nicht entgangen, wenngleich sie nicht alles verstehen konnten, was sich in mir zugetragen hatte, und auch nicht, worin der grundlegende Wandel bestand. Wer konnte sich denn schon vorstellen, an einen Ort zu gehen, wohin man sich als Person nicht wirklich mitnehmen konnte, und man auch nicht mehr an dem hängen würde, was sich die meisten Menschen wünschen. Dass man sein Leben als Person gegen ein Leben eintauschen könnte, das sich nicht fassen und nicht beschreiben ließ, und wofür niemals jemand geworben hatte. Und meine Freunde aus dem früheren Stadtleben konnten sich wohl auch nicht denken, dass der Lebenswagen dann einfach von selbst rollen würde, ohne dass man ihn anzuschieben oder zu steuern brauchte. Allerdings war es nun so, dass das Leben auch für alle anderen Menschen nicht anders war, nur lag der Unterschied darin, dass sie glaubten, schieben und steuern zu müssen.

Nachdem der Mann mit dem Wagen und dem Anhänger sein Trinkgeld bekommen hatte und wieder weggefahren war, begann ich, die Sachen aus den Kisten sorgfältig einzuräumen. Mit jedem Stück, das ich in die Hände nahm, kam mir ein Stück Geschichte entgegen. Doch manche Erinnerung hatte ihre Bedeutung inzwischen verloren, und so stellte ich auch nicht alle Objekte wieder auf. Jene, die hier einen neuen Platz fanden, waren mir entweder Zeugen früherer Ereignisse, oder sie gefielen mir einfach als schöne Gegenstände. Einiges legte ich auch weg, weil es in sich selber keine Botschaft trug und in eine Zeit gehörte, die nun weit von mir entfernt war. Nachdem alles seinen Platz gefunden hatte, wurde es sehr still im kleinen Steinhaus, und ich fühlte, dass ich nun noch ein zweites Mal angekommen war. Jetzt mit meinen Sachen, und jetzt als derjenige, dem das Haus nun gehörte. Es war wunderbar, einfach hier zu sein und nichts zu bedürfen. Selbst wenn der kalte Winterwind um das Haus wehte, war es ein warmes Zuhause, das durch die neuen Umstände noch wärmer geworden war, und da war einfach ein stilles Glück, das nicht notwendigerweise mit jemandem geteilt werden musste.

Der Himmel über der Landschaft war in der folgenden Winterzeit oft klar und blau, wenngleich die kurzen Tage und niedrigen Außentemperaturen nach der Wärme im Hausinnern riefen. Die Arbeiten im Garten und dem angrenzenden Wald waren gemacht und das Feuerholz war aufgestapelt, wofür sich hinter dem Haus unter einem kleinen Vordach ein guter Platz gefunden hatte. Zudem lagerte stets Holz für einige Tage neben dem Kamin, damit es ganz ausgetrocknet würde.

An den Abenden flackerte das Feuer gemütlich im Wohnraum und schenkte mir nicht nur Wärme, sondern sorgte auch für eine wunderbare Stimmung. Wenngleich manchmal Besuch kam, verbrachte ich doch viele Momente in der Stille des Hauses, wo nur das leise Prasseln des Feuers zu hören war. Nicht einmal eine Wanduhr setzte das Dasein in einen zeitlichen Rahmen, und so ergab sich oft eine Atmosphäre von Ewigkeit, einer Zeitlosigkeit, in der es nichts bedurfte. Die Aufmerksamkeit konnte sich nach innen richten, doch keine Gedanken dehnten sich in die Vergangenheit aus oder reichten in eine vermutete Zukunft. Oft erfüllten Stunden des reinen Seins den Tag, was den ‚Weltmenschen' unter meinen gelegentlichen Gästen nicht ohne weiteres verständlich war. Aber jene, die darin keinen besonderen Wert zu erkennen vermochten, genossen doch die Stille und den Unterbruch ihrer Tätigkeit. Wenn das Feuer seinen rötlichen Schein in die Stube legte, sagte ich oft wenig, während die einen erzählten und andere schwiegen, doch gingen die meisten erfüllt von dannen. Es hing offenbar nicht von meinen Antworten ab, ob sie ihre Fragen klären und zu innerer Ruhe kommen konnten, und so war ich gerne mit den Menschen zusammen, die kommen mochten.

Auch bei garstigem Winterwetter ging ich sporadisch aus dem Haus, um Besorgungen zu machen oder meine Bekannten und Freunde zu sehen. Stets begleitete mich aber das stille Dasein, das nicht nur diesem Haus, sondern der ganzen Gegend eigen war. Auch draußen gab es wenig Lärm, und selbst die Tiere hatten sich für den Winter zurückgezogen, abgesehen von den Vögeln, die in wärmere Gefilde geflogen waren. In solcher Landschaft war deutlich spürbar, wie die Natur im Winter einkehrte, und das schien in dieser Zeit auch für Menschen das Richtige zu sein.

Als ich eines Abends wieder vor dem Feuer saß, erinnerte ich mich an den Vortrag, den zu halten ich Julian und Grischa versprochen hatte. Bei ihrem ersten Besuch hatten sie mir die freie Wahl gelassen, über was ich sprechen wollte, ganz wie sie es auch Jeduschin zugesagt hatten, doch sollte es grundsätzlich um den Geist gehen, wie er von manchen in meiner Gegend gepflegt würde. Ihre Unternehmung nannten sie ja nicht ganz bescheiden eine ‚Institution des Geistes‘, und zu dieser Ausrichtung sollte das Referat passen. Wir hatten uns dann auf den Arbeitstitel geeinigt, ‚dass über das wahre Wesen nicht gesprochen werden könne‘. Mittlerweile war es in der Stadt bekannt geworden, dass sich in der Gegend Menschen freien Geistes und offenen Herzens niedergelassen hatten, und so schien es mir auch richtig, etwas davon zu berichten. Offenbar ging für manchen Städter eine geheime Faszination vom Ort hier aus, und ich konnte dies gut verstehen, denn diese hatte mich seinerzeit auch bei Jeduschin gehalten, bis ich hier nun eine neue Heimat gefunden hatte. Allerdings wollte ich für den Ort auch keine Werbung machen, denn zu viele Gäste würden ihm die Stille und Beschaulichkeit nehmen. Das große Sein, das manche ‚Geist' nannten, war ja überall und damit auch allen Orten eigen, nur mochte es anderswo mehr verdeckt sein als hier. So war es auch verständlich, dass es ein allgemeines Interesse daran gab, und diesem konnte ich durchaus entgegenkommen. Weil es aber um etwas ging, was letztlich nicht gefasst werden kann, war es auch unmöglich, direkt davon zu sprechen. Und so schien es mir auch nicht richtig, zu überlegen, was alles gesagt werden sollte, denn es ging eher um eine Art Klang, der sich im Vortragssaal ausbreiten könnte, oder um eine Botschaft, die zwischen den Worten läge, die gesagt würden. Ganz so, wie auch in manchen Büchern das Wesentliche ‚zwischen den Zeilen' liegt, und das nach der Lektüre verbleibende Gefühl wichtiger ist, als was genau geschrieben steht.

In Gedanken an den Vortrag überlegte ich also nicht, was ich sagen wollte oder was zu sagen wäre, sondern verfiel vielmehr in eine Art Entrückung. Darin sah ich mich am Vortragspult stehen und beobachtete einfach, welchen Ausdruck meine spontanen Einfälle fanden. Vielleicht war es nicht unähnlich einem Komponisten, der sich nicht überlegt, was er zu komponieren gedenkt, sondern der offen auf die Klänge horcht, die ihm zufallen, die er dann später in Notenschrift umsetzt. Und so sah ich fast wie in einem

Traum, wie ich zu reden begann, ganz ohne vorherige Gedanken, was ich sagen wollte.

‚Liebe Gäste, seid willkommen! Julian und Grischa haben mich gebeten, euch etwas von der Gegend zu berichten, in welcher ich lebe, und die viele stille Menschen beherbergt. Manchem mag sie bekannt sein, obgleich sie recht weit von der Stadt entfernt liegt. Für uns ist die Stadt aber die nächste größere Ortschaft, wo wir all das bekommen, was wir für den äußeren Lebensunterhalt brauchen, sofern wir es nicht selbst herstellen können. Vielleicht gibt es jetzt einen gegenseitigen Austausch, indem euch von dort etwas zukommen mag, was man für den inneren Lebensunterhalt gebrauchen kann. Und so wären die Stadt und unsere Gegend dann etwas Ganzes.' – Und dann würde ich vielleicht erzählen, wie ich in die Gegend gekommen war, und was ich bei Jeduschin in meinen beiden Aufenthalten bei ihm erfahren hatte. Das wäre ein kurzer persönlicher Lebensbericht, der auch einen Einblick in die Atmosphäre der Gegend und in die Haltung der Menschen geben konnte, die dort lebten. Und ich würde vielleicht auch von den Menschen bei Jeduschin berichten, von Esmeralda, von Mauro in der Hütte und von Manuel in der kleinen Siedlung. Namen würde ich aber keine nennen, und wohl auch nicht im Detail berichten, wie diese Menschen waren und was sie dachten, sondern vielmehr aufzuzeigen versuchen, worum es allen ging. Sie waren auch keine Gemeinschaft, die bewusst zusammengefunden hatte, um etwas aufzubauen. Vielmehr waren einfach in Abständen Interessierte gekommen, wovon dann einige geblieben waren, wie auch ich. Es machte ja einen bedeutenden Unterschied, ob ein ‚Projekt' verwirklicht wird, oder ob sich einfach ein Geschehen zuträgt, das niemand so geplant hat. Und vielleicht würden die Zuhörender dazu auch Fragen stellen, die dann zu beantworten wären. Und dann hörte ich in meinem Inneren, wie der Vortrag vielleicht weitergehen würde – einfach so, ohne Absicht.

‚Man könnte sagen, dass es ein Lebensexperiment wäre, das sich hier zuträgt – aber jedes Leben ist ein Experiment, und so ist es auch nichts Besonderes. Den Menschen in unserer Gegend bedeutet es einfach, sich auf das einzulassen, was geschehen will. Aber diese Formulierung ist doch nicht wirklich zutreffend, denn wenn das Leben stets Experiment ist, dann gestaltet es sich auch stets selbst, und in diesem Fall gibt es niemanden, der sich einlassen könnte. Von außen gesehen würden Menschen mit einem solchen Verständnis wohl einfach als offen empfunden. Es könnte bei ihnen auch eine bewusste Wahrnehmung jener Ereignisse konstatiert werden, von denen andere Menschen glauben, dass sie sie verursachten.' – Und es würde vielleicht eine Pause eintreten, wo die Leute darüber nachdächten, was hier gesagt wurde. Darauf würden sie vielleicht zustimmend oder ablehnend reagieren, je nach ihrer Einstellung, und einige blieben möglicherweise auch ohne eine bestimmte Reaktion einfach offen. Und ich würde vielleicht weiterfahren: ‚Im allgemeinen sind wir uns gewohnt, Situationen und Thesen auf unsere bisherigen Erfahrungen und Ansichten zu beziehen und entsprechend Stellung zu nehmen. Das ist in unserer Gesellschaft so üblich. Dennoch schlage ich vor, das Gesagte einfach auf euch wirken zu lassen, denn dieses ist ja wie alles Ausdruck des Lebens selbst. So leben die Menschen in meiner Gegend. Sie nehmen einfach alles als Ausdruck des allumfassenden Seins, und sie lassen stehen, was geschieht und was andere sagen. Das können wir hier auch versuchen – einfach so als Experiment – und sollte es sich als nützlich erweisen, könntet ihr das Ergebnis nach Hause nehmen und schauen, was dort geschieht. Ob ihr das nun tut oder nicht, gehört natürlich auch einfach zu dem, was geschieht, und so schließt sich ein Kreis. Niemand kann machen, was geschieht, auch wenn es so aussieht, dass es durch jemanden gemacht würde. Es geschieht, indem es jemand vermeintlich macht, oder anders gesehen: jemand meint, es zu machen, obwohl es geschieht. Das Experiment bestünde darin, auch diese Worte einfach auf sich wirken zu lassen, ohne Stellung zu beziehen, und dann zu schauen, was sich im eigenen Inneren ereignet.'

Darauf würde es vielleicht Widerspruch geben, weil doch viele denken, dass sie der Ursprung ihres eigenen Handelns seien. Und dem würde von mir nicht widersprochen, denn auch dieses Denken ist das Geschehen der Welt. Vielleicht würde ich antworten: ‚Unsere Welt besteht aus zahlreichen Lebenseinstellungen, und alle sind in Ordnung. Alle sind, was geschieht.' Und dann könnte ich fortfahren mit Gedanken darüber, wie sich Lebenseinstellungen verändern können, wenn im eigenen Inneren etwas passiert. ‚Öffnet sich das Bewusstsein für eine neue Lebenseinstellung, so kann dies zu erheblichen inneren Verwerfungen führen. Ein früheres Weltbild, in welchem man selbst das Zentrum der Welt war, verändert sich. Selbst wenn nur in Betracht gezogen wird, dass die bisherige Ich-zentrierte Einstellung möglicherweise nicht der Weisheit letzter Schluss war, schwankt das entsprechende Weltbild bereits erheblich. Weil die eigene Identität nicht mehr als die entscheidende Größe feststeht, kann eine innere Orientierungslosigkeit auftreten, und gleichzeitig mag sich eine Weite zeigen, welche nicht beschrieben werden kann. Sie übersteigt alles, was man sich als Person mit einer bestimmten Identität vorstellen kann, und wir selbst sind das. Jemand hat mir einmal gesagt: „An den Ort, wohin ich gehe, kann ich mich nicht mitnehmen." Das trifft die Sache ziemlich gut. Allerdings ist es kein bewusstes Gehen und es gibt auch keinen Ort zu erreichen – vielmehr verschwindet derjenige, der geht. In diesem Sinne erfahren auch suchende Menschen das Ende der Suche nicht dadurch, dass sie etwas gefunden hätten, sondern indem sie als Suchende verschwunden sind. Was dann eintritt, ist die vollkommene Stille und Weite des Seins.' – Und die Zuhörenden regierten vielleicht nachdenklich, oder sie erhöben Einwände, weil sie sich nicht vorstellen können, in einem gewissen Sinne nicht mehr da zu sein und dennoch auf dieser Erde zu gehen. In meinem Vortrag würde es allerdings nicht darum gehen, jemanden von irgendetwas zu überzeugen. Vielmehr wäre es einfach ein Bericht davon, in welcher Weise etwas erlebt werden kann, das zum Vorneherein unvorstellbar ist. Und ich könnte anfügen, dass es Erzählungen aus anderen Kulturen und aus anderen Zeiten gibt, die genau davon berichten.

Und weiter könnte ich erörtern: ‚Das Leben geht auch im Falle solcher Wahrnehmung ganz normal weiter – einfach ohne einen selbst. So steht es in alten Berichten, und so wird es auch heute erlebt. Sieht man den Ursprung des eigenen Handelns nicht mehr in sich selbst, so kann genau davon eine Wirkung ausgehen – wenn auch eine, die von niemandem beabsichtigt ist. Und darin können sich Wohlwollen und unbeabsichtigtes Engagement als Mitgefühl mit dem Leiden in der Welt zeigen. Das kann als tiefgreifende Freiheit erfahren werden. Es ist aber nicht eine Freiheit von etwas, sondern sie zeigt sich eher wie ein Dasein in einem weiten unbestimmten Raum, in welchem das Leiden wie anderes seinen Platz hat. In dieser Gesamtheit liegt auch das Potential allen künftigen Wachstums. Das Einzelne mag dabei als bedeutungslos erscheinen, während sich das Wesen des Lebens zur Quintessenz verdichtet. Indem nichts mehr eine bestimmte Bedeutung hat, reicht alles weiter, als jede Bedeutung aufzuzeigen vermöchte. Das ist allerdings schwer vorstellbar, und man kann daher zum Schluss kommen, dass es doch so nicht sein könne. Wenngleich ein Zustand ohne Selbstbezug und die zeitweilig damit verbundene Orientierungslosigkeit nicht erstrebenswert erscheint, so bleibt er dem einen oder anderen doch nicht erspart. In der Gegend, in der ich nun lebe, gibt es Menschen, die damit umzugehen wissen, und sollte jemand von euch in eine solche innere Lage geraten, wäre von einigen Menschen dort Unterstützung zu erwarten.' – Und doch wären all diese Worte nur ein Versuch, über Dinge zu sprechen, die letztlich nicht beschrieben werden können.

So ein Vortrag hatte wirklich seine Tücken – so dachte ich mir – aber vielleicht gäbe es Zuhörende, denen diese Gedanken einen Anhaltspunkt zum Verständnis des eigenen Erlebens geben könnten.

Und ich würde vielleicht fortfahren: ‚Das Eigenartige ist, dass es im Grunde niemanden gibt, der bewusst ein derartiges Selbstverständnis und ein solches Weltbild anstrebt. Zwar wollen viele ‚Befreiung' erlangen, aber sie meinen meistens Befreiung von Sorgen oder widrigen Lebensumständen, doch niemand erwartet, dass es eine Befreiung von sich selbst wäre. Wüssten sie es, würden sie ihre Bemühungen vielleicht aufgeben. Und dennoch – Suchen und Selbstbefreiung ereignen sich, und sie sind vielleicht Ausdruck eines neuen Bewusstseins, das sich entwickelt.' – Wie mein Publikum darauf regieren würde, konnte ich im Voraus natürlich nicht feststellen, und ich dachte mir, dass die einen vielleicht sehr gut verstehen würden, wovon hier die Rede war, und dass andere mit großem Unverständnis reagierten. Und das Kriterium dafür wäre, ob sie ansatzweise schon etwas Derartiges erlebt hatten oder nicht. So wäre es die Schwierigkeit dieses Vortrags, Menschen von verschiedenem Erfahrungshintergrund anzusprechen, doch wusste ich nicht, ob dies in der vorliegenden Thematik überhaupt möglich wäre. Doch wie immer sich die Situation entwickeln würde, wäre es einfach das Geschehen, das sich in der Vortragshalle zutrüge. Es gab ja nichts anderes zu tun, als die Botschaft aus meiner Gegend zu überbringen, die von der großen Stille, dem Alleinsein und dem Umgang damit geprägt war. Es war auch die Botschaft von Jeduschin, der sich vielleicht deshalb nicht auf das Referat einlassen wollte, weil er die Schwierigkeit sah, dass die Menschen entweder spüren würden, wovon er spräche, und dass das Reden dann nicht mehr notwendig wäre, oder dass sie es nicht spürten, und es dann vielleicht auch nicht nützlich sei. Wie immer es Jeduschin empfunden haben mochte, hatte ich mich doch zu diesem Referat entschieden, und ich würde den Vortrag vielleicht abschließen mit der Einladung, dass jene in die Gegend kommen mögen, die der Vertiefung oder Unterstützung bedürften. Und dass sich bestimmt jene Kontakte ergeben würden, die dann gerade passten. So jedenfalls war es mir mit Jeduschin ergangen.

Manches ging mir zu diesem Referat in der stillen Stube vor dem Feuer noch durch den Kopf, und mir schien dann, dass solche Gedanken wohl eher für ein ‚Kaminfeuergespräch‘ passen würden, als in einen Vortragsraum, wo helles Licht herrscht und wohin die Leute mit bestimmten Erwartungen kommen. Vielleicht wären sie auch von einem linearen Denken geprägt, das von Zielvorstellungen ausgeht und später nachprüft, was erreicht wurde. Ich aber würde ihnen nur vom Kaminfeuer berichten können, und dass es Stimmungen gibt, die einen öffnen, wenn man nachher auch nicht sagen kann, wofür.

Der Winter nahm seinen weiteren Lauf, und so wie die Natur in der kalten Jahresperiode wenig Wachstum zeigt und keine Früchte hervorbringt, fühlte ich mich in einer Brachzeit. Die Tage zogen langsam am kleinen Steinhaus vorbei, während die Sonne durch das gelichtete Blätterdach ihren Weg am Himmel ging, das Haus am Morgen von der einen Seite her beleuchtend, und am Abend die letzten rötlichen Strahlen in die Stube reichend, die sich leicht mit dem Feuer im Kamin verbanden. So vollzog sich der Übergang vom Tag in die Nacht oft fast unbemerkt, und die Stille war auch stets dieselbe.

Wenn ich mich mittags aus dem Haus begab, so umfing mich die südländische Luft trotz des Winters in ihrer wohlmeinenden Milde mit einem sanften Geruch, und das war mir stets eine Freude. Gelegentlich setzte ich mich in die Kapelle von Jeduschin, die mir von meinen Aufenthalten bei ihm vertraut war. Stets stand sie in ihrer berührenden Einfachheit neben Jeduschins Haus, wo sie zusammen mit dem Gästehaus das kleine Gehöft bildete, das zum Ausgangspunkt meines Wohnsitzes in der Gegend geworden war. Nicht immer traf ich dabei auf Jeduschin, aber es konnte vorkommen, dass wir uns sahen. Und dann begegneten wir uns freundschaftlich wie stets, und gelegentlich blieben wir auf einen Kaffee oder ein Glas Wein zusammen und tauschten uns über äußere Neuigkeiten und inneres Geschehen aus. Der Kapelle und Jeduschins Anwesen war ich auch nach meinem Umzug ins kleine Steinhaus verbunden geblieben, und mehr noch Jeduschin selbst, auch wenn ich ihn nicht mehr so oft sah. Das spürte er sehr wohl und schätzte es auch.

Als ich eines Tages wieder dort war und auf Jeduschin traf, fragte er mich, welche Besucher mich im kleinen Steinhaus besonders bewegt hätten. Da kam mir Silas in den Sinn, der zu mir gekommen war, wie ich seinerzeit zu Jeduschin gelangte. Und ich erzählte, wie er von Mauro in einem recht aufgewühlten Zustand zu mir gesandt worden war. Bei Mauro hatte sich ihm die Welt des reinen Seins unerwartet eröffnet, was ihn sehr verwirrte, und was er schwer mit seinem Beruf als Schullehrer vereinbaren konnte. „Er ist wieder gekommen", erzählte ich weiter, „und ich denke, dass wir weiter im Austausch bleiben werden, auch wenn ich ihm nicht wie du ein Gästehaus anbieten kann. Mir ist, als würde sich unsere Geschichte mit neuen Rollen wiederholen." – „So scheint es", meinte Jeduschin dazu, „es ist der Lauf der Welt. Erinnerst du dich noch an meinen Bericht vom alten Mönch hier im Anwesen, dessen Schüler und Begleiter ich einmal gewesen war? Dies hat sich später mit uns wiederholt." Und dann fügte er an: „Während einige nach langer Suche eines Tages tiefer und weiter sehen, werden andere von dieser neuen Sicht überrascht. In beiden Fällen schließt sich aber meistens eine Lehrzeit an, und dann ist es gut, wenn sie auf Menschen wie mich und nun dich treffen, welche sie zu begleiten und manchmal anzuleiten vermögen. Und für letztere ist es ein Geschenk, wenn jüngere Menschen zu ihnen finden, welchen sie weitergeben können, was ihnen als neue Weltsicht und als weites Selbstverständnis zugefallen war. Das Wissen wird von Generation zu Generation weitergegeben, selbst wenn es jeder doch nur selbst erlangen kann. Das Wissen liegt in jedem selbst, und weitergegeben wird eigentlich nur die Bestätigung, dass es erlangt wurde. Solche Lehrzeiten zu begleiten, wird nun auch deine Aufgabe sein."

Jeduschins Ausführungen bewegten mich sehr, denn daran hatte ich nicht gedacht, dass die Reihe nun an mir wäre, den Stab zu übernehmen und ihn eines Tages auch weiterzureichen. Und dass es auch schön sei, wenn sich überhaupt jemand finde, an den er weitergegeben werden kann. Ob das Silas sein würde, wusste ich nicht, aber möglich war es. „Ich habe nichts zu lehren", sagte ich dann zu Jeduschin. – „Das ist es", antwortete er nach einer Pause. „Solange du glaubst, etwas lehren zu können, bist du nicht wirklich Zeuge dessen, worum es geht." Damit schloss sich ein Kreis, denn auch Jeduschin hatte mich nie etwas lehren wollen – er war einfach da, wenn es notwendig war. Wir saßen noch einige Zeit still am Steintisch, der mir während meiner Aufenthalte bei Jeduschin sehr ans Herz gewachsen war, denn manche unserer wichtigen Gespräche hatten hier stattgefunden. Und nach einer Weile verabschiedete ich mich herzlich und dankbar von ihm, wie immer.

Zurück beim kleinen Steinhaus blieb mir die dichte Stimmung von Jeduschin und seinem Anwesen erhalten, wenngleich sie mit der Zeit auch zu meiner eigenen geworden war. Es war die Schwingung, die sich nun auch im kleinen Steinhaus fand. Trotz der Kühle saß ich noch längere Zeit vor dem Haus und genoss die friedliche Stimmung. Ein Eichhörnchen hüpfte über den Platz, und selten flog auch ein Vogel vorbei, der über den Winter in der Gegend geblieben war. In dieser Stille hörte ich das Kommen von Menschen. Sie sprachen miteinander – zwei Frauen – und gelegentlich knackten Zweige unter ihren Füssen. Als sie näher kamen, konnte ich sie an den Stimmen als Barbara und Stella erkennen, und bald begrüßten wir uns herzlich. Sie kamen zu mir, um mir als Dank für die Erntearbeit zwei Kanister vom Olivenöl zu bringen. Die Ölmühle hatte ihnen wie vermutet einen reichlichen Ertrag gebracht, und etwas davon wollten sie teilen. Ich dankte für das Öl und freute mich auch sehr, die beiden Frauen wieder zu sehen – diesmal zusammen. Barbara schien mir frischer als während der Olivenernte, wo sie für die vielen Menschen kochen musste, und zu Stella hatte ich nach den ausführlichen Gesprächen schon eine freundschaftliche Beziehung. Mit ihrer Frage, ob ich sie liebe, hatte sie mich recht herausgefordert und zugleich einfach das Grundsätzliche von Beziehungen angesprochen. Nachdem sie anfänglich einen etwas merkwürdigen Eindruck auf mich gemacht hatte, hatte ich sie inzwischen sehr schätzen gelernt, und ich hatte verstanden, dass der erste Eindruck von jemandem auch täuschen kann. Hinter ihrem damaligen etwas burschikosen Auftritt war ein feinfühliges, stilles Wesen verborgen, das sich vielleicht auch einfach schützte. Dass die beiden Frauen Freundinnen waren, konnte ich damit gut verstehen, und Barbaras Wertschätzung von Stella unterstützte meine neue Sicht von ihr.

Wir gingen zusammen ins Haus und ich heizte den Kamin kräftig ein. „Wie geht es bei euch auf dem

Bauernhof?" fragte ich dann, und da fiel mir auf, dass ich nicht einmal wusste, wo Stella wohnte. Sie war ja wie ich als eine Helferin zur Olivenernte gekommen, und so hatte sie ihr Zuhause wohl anderswo. – „Es geht so", antwortete Barbara, ohne weiter auf die Umstände einzugehen, und auf meine weitere Frage nach dem Wohnort von Stella antwortete diese: „Ich habe kein Zuhause. Mein Zuhause ist die Welt, und darin bin ich unterwegs. So wohne ich an vielen Orten, aber das wirkliche Zuhause ist in meinem Inneren. Und dieses ist zugleich weit wie die Welt." Dieser Bericht passte zu meiner Wahrnehmung von Stella, obwohl sie während der Ernte nie von solchem Empfinden gesprochen hatte. Diesen weiten Ausdruck hatte ihr Wesen gefunden, und zugleich war es die allgemeine Befindlichkeit innerlich offener Menschen: wo immer sie sich befanden, waren sie in sich und im großen Dasein zuhause. Nicht alle brauchten dafür hauslos zu sein, aber innerlich waren sie frei, und so konnten sie sesshaft sein, oder auch nicht. Und auch von mir selber wusste ich ja nicht, wie lange ich im kleinen Steinhaus bleiben würde, das mir gerade eine so wichtige Heimat war. „Wir alle sind nur im Inneren zuhause", sagte ich dazu, und nach einer Weile ergänzte Barbara: „Im Grunde können wir gar nicht von einem ‚Zuhause' sprechen. Wir alle ‚sind' einfach, und dabei fallen ‚Sein' und ‚Zuhause' in eines zusammen. Es kann nicht benannt und nicht beschrieben werden." Damit hatte sie nun sehr recht, und ich fühlte wieder unsere Verbundenheit – oder vielmehr jenes eine Sein, in welchem sich die Menschen auch gemeinsam wiederfinden können. Und dabei dachte ich, dass es in dieser Hinsicht letztlich auch keine Rolle spielt, ob man allein lebt oder nicht, denn im ‚All-Einen' ist man ohnehin. Still tranken wir dann zusammen von meinem Holundersaft, den schon andere Gäste schätzen gelernt hatten, und bald einmal verabschiedete sich Stella. Dabei wusste ich allerdings nicht, ob sie einfach weiterziehen mochte, oder ob sie Barbara und mich allein lassen wollte.

„Stella hat viele Seiten", sagte Barbara, als Stella gegangen war, und mir schien, dass sie voller Mitgefühl war. Und sie fuhr fort: „Durch einen tragischen Unfall verlor sie vor einigen Jahren ihren Mann, und sie verließ dann das schöne Haus, das sie zusammen gebaut und bewohnt hatten." – „Etwas derartiges habe ich geahnt", antwortete ich daraufhin, „bei der Olivenernte schien sie mir zeitweilig traurig. Ich fragte dann aber nicht nach dem Grund dafür, denn sie wirkte in gewissen Momenten sehr zerbrechlich, und ich wollte ihr nicht zu nahe treten." – „Das war gut so", bestätigte Barbara, „du hast gespürt, was in diesem Moment richtig war." Und ich fühlte wieder die leise Trauer, die damals von Stella ausgegangen war, und es tat mir leid, dass sie diesen Schmerz erfahren musste. „Und seither lebt sie einsam und hauslos – stets unterwegs?" fragte ich dann. – „Die beiden waren erst einige Jahre verheiratet, und das Haus hatten sie für eine Zukunft mit Kindern gebaut. Alles hat sie verloren – auch diese Zukunft. So wollte sie nicht mehr daran erinnert werden, aber es konnte auch nichts davon ausgelöscht werden. Eines Tages weitete sich in ihrem großen Schmerz aber ihr Geist, und sie verstand, dass alle Lebensformen Ausdruck von etwas viel Größerem sind. Selbst ihr Leiden war es. Seither ist ihre Hauslosigkeit keine Flucht mehr, sondern Ausdruck dieses Verständnisses. Das heißt aber nicht, dass sie nie wieder sesshaft werden könnte." – „Man kann sesshaft und zugleich hauslos sein", meinte ich dazu. Es war ja meine Lebenssituation, und wir schwiegen eine Weile. Und dann fügte ich an: „Jeduschin hat davon gesprochen, dass es oft Suchende sind, welche später tiefe innere Erfahrungen machen, worin sie ihre bisherige Identität verlieren. Und dass es auch vorkomme, dass Menschen plötzlich von solchem Geschehen ereilt werden. Nun sehe ich, dass auch der Schmerz zum Tor dafür werden kann." – „So war es bei Stella", bestätigte Barbara. „Seither sind wir befreundet, wenngleich ich sie in ihrer lebendigen Art schon vorher mochte. In dieser Hinsicht waren wir immer unterschiedlich, und wir ergänzten uns. Nun aber verbindet uns ein tiefliegender Boden. Es ist der Wesensgrund allen Seins."

„Ist das bei uns beiden auch so?" fragte ich nach einer Weile etwas scheu, und nahm sie zugleich in die Arme. – „Natürlich", antwortete sie mit Hingabe, „und es ist nicht nur das." – „Der Wesensgrund, der seine Form findet...", sinnierte ich dazu. – „Er hat immer eine Form", sagte Barbara leise und sprach dann nicht mehr weiter. So blieben wir lange still beisammen, und ich hielt sie weiter in meinen Armen. ‚Was ist das für ein Leben' ging es mir dabei durch den Kopf, ‚wir fühlen uns so tief verbunden und leben doch nicht zusammen.' Ich sagte aber nichts, weil ich wusste, dass sich die Situation nicht verändern ließ, und ich genoss einfach den Augenblick. Dabei fühlte ich auch, dass ich doch noch an Vorstellungen hing, wie das Leben sein könnte, und dass mir Stella diesbezüglich etwas voraus hatte. Ihr waren diese Vorstellungen genommen worden, und sie hatte sich in ihrem Wesen geweitet. Selbst wenn sie je wieder eine innige Beziehung aufnähme, würde sie in dieser großen Weite bleiben, dachte ich dazu. Und das galt doch auch für Barbara und mich. „Das Leben ist weit und groß", meinte Barbara ganz in diesem Sinne, „und so ist es auch mit uns." – „Im Wissen um die große Weite zusammen zu leben, muss wunderbar sein", sagte ich dazu. „Etwas schwieriger ist es, in der großen Weite allein zu sein." – „Vorerst", antwortete Barbara, „und in dieser Zeit sind wir gefordert, das Leben bis in den Grund auszuloten. Ganz so, wie es von Stella gefordert war." Da hatte Barbara nun recht, und dies war vielleicht das Geschenk, das uns das Leben mit unserer Beziehung machte. Wir brauchten uns nur ganz einzulassen, ganz einfach und gerade so, wie die Fische unten im Meer schwammen. Voraussetzungslos zu leben, war wohl das, was alle Tiere taten, und nur uns Menschen fiel dies schwer, wenn wir nicht im Strom eingebettet waren, der dieses Leben ist. Letztlich war es einfach das Leben selbst, das sich für uns in genau dieser Weise erfüllte. „Nie geht es darum, was wir wollen, weil es diesen Willen gar nicht gibt", sagte ich nach einer Weile zu Barbara. Das Feuer flackerte und wärmte uns nun in schöner Weise. Barbara schwieg, und vielleicht war es das Schweigen ihres Einverständnisses. Sie hatte wohl schon lange erkannt, dass der eigene Wille etwas Illusionäres ist, und dass das Leben nie etwas anderes tat, als seinen

Fortgang zu nehmen. Nachdem wir so längere Zeit geschwiegen hatten, richtete sich Barbara schließlich zum Aufbruch. Bevor sie ihres Weges ging, schmiegte sie sich aber noch einmal an mich, und ich fühlte den Puls ihres Herzens und denjenigen des Lebens, für welches ich keinen Plan zu haben brauchte. Still verabschiedeten wir uns und gingen schweigend auseinander, wie es dem Wesen von uns beiden entsprach. Ich begleitete sie bis an den Rand der Waldlichtung vor dem Haus, und durch die Bäume winkten wir uns noch einmal zu.

Wie es vor dem Haus wieder ganz still wurde, setzte ich mich nochmals auf die Treppe und lauschte in den aufkommenden Abend. Nur wenig war zu hören, und dahinter lag die unendliche Stille, die alles Leben begründet, worin alles aufgehoben ist und in die alles einkehrt.

Erzählungen

DIETER WARTENWEILER

I   Die weisse Klause

II Wiedersehen mit Jeduschin

III Einkehr im Steinhaus